LA SUERTE DE LOS NÓMADES

Clara Wolman

Publicado por Ibukku, LLC
www.ibukku.com
Diseño y maquetación: Índigo Estudio Gráfico
Copyright © 2022 Clara Wolman
ISBN Paperback: 978-1-68574-110-5
ISBN eBook: 978-1-68574-111-2
LCCN: 2022905140

Índice

I
De Polonia a Argentina

Los primeros recuerdos de mi vida se remontan a cuando yo tenía tres años, pero en mi repertorio de memorias personales están incluidos unos sucesos, que aunque ocurrieron mucho antes de mi nacimiento, pasaron a ser parte de mi memoria autobiográfica. ¿De dónde saqué esos hechos y me los apropié como si fueran míos, si nunca los viví en carne propia? Durante mi infancia, mis padres y tíos hablaban entre ellos sobre sucesos ocurridos muchos años atrás, y nosotros, los hijos, los escuchábamos atentamente porque ellos no se referían a temas prohibidos sino a acontecimientos del pasado que habían afectado a nuestra familia. Después que los mayores terminaban esas conversaciones, se callaban por unos instantes, clavando sus miradas en el vacío, como si quisieran comprender solos, sin que nadie los perturbara, lo que realmente había sucedido en ese entonces. Cuando yo escuchaba algunos de esos relatos me daba cuenta de que no siempre era verdad aquel verso de Jorge Manrique de que "cualquier tiempo pasado fue mejor".

Uno de los acontecimientos del pasado en el que muchas veces pienso por su impacto en mi propia existencia, está relacionado con mi abuelo Iser, el padre de mi papá. A comienzos de los años treinta, mis abuelos paternos vivían con sus cinco hijos en una casa muy modesta, digamos pobre, en un pueblito cercano a la ciudad de Minsk, en Polonia (hoy en día Bielorrusia). Todos los días mi abuelo empujaba un carrito lleno de objetos usados y nuevos e iba de casa en casa vendiendo y comprando utensilios de cocina, escobas, jabones, toallas y algunas prendas para vestir. Él recorría a pie su pueblo y algunos pueblos vecinos, los cuales estaban habitados por una mayoría de familias judías. Casi siempre salía de su casa al amanecer y regresaba cuando las calles de polvo del pueblo estaban ya completamente a oscuras, aunque a veces dormía en el camino y regresaba a su casa después de varios días de trabajo.

Ser un vendedor ambulante en los pueblos de Polonia no era suficiente para mantener a una familia. No solo la pobreza, sino también el antisemitismo que los judíos polacos debían tolerar, empujó a muchas familias a buscar nuevos horizontes. En esa época en Europa se decía que en la Argentina, como en los Estados Unidos, se encontraba dinero en las calles, y con la ilusión de dejar para siempre la pobreza, muchos europeos judíos, similarmente a los cristianos, trataron de buscar una nueva vida en las Américas. Una de las formas elegidas por las familias para emigrar, consistía en que el padre de familia viajaba primero a la destinación deseada, y si después de un largo tiempo, meses y en muchos casos varios años, encontraba un trabajo que podía mantener a su familia, él les mandaba dinero para que compraran los pasajes que les permitirían cruzar el Océano Atlántico en la tercera clase de un buque. Y eso es lo que hizo mi abuelo Iser, quien en 1933 llegó con otros hombres judíos al puerto de Hamburgo, Alemania, donde tomaron un barco que zarpó con destino al puerto de Buenos Aires, República Argentina. Desde ahí, él se trasladó en el ferrocarril a la ciudad de Rosario, donde ya estaban instalados varios parientes y conocidos suyos de Polonia.

En el nuevo país, los meses transcurrieron lentamente, pero a mi pobre abuelo no le fue bien ni con el idioma castellano que no pudo comprender y hablar fácilmente, ni con su trabajo de vendedor ambulante en ese lugar tan extraño para él. Después de tratar inútilmente de adaptarse, mi abuelo decidió retornar a Europa con los pocos ahorros que pudo juntar en un año y medio de trabajo. Y con una parte de ese dinero, compró su pasaje de regreso a Polonia.

El día que debía partir para Europa, mientras esperaba en el puerto a la hora en que el barco debía zarpar, Iser jugó a las cartas con otros viajeros polacos y unos obreros locales, apostando casi todo lo que tenía. Él era bueno en el juego de cartas y generalmente tenía suerte, pero ese día su suerte supuestamente no lo ayudó. En la segunda partida empezó a perder dinero por lo que siguió jugando una y otra vez para recuperar lo perdido. En cada partida adicional tenía la esperanza de poder recuperar su dinero. Pero eso no ocurrió. Él continúo jugando desesperadamente hasta que perdió el sentido del tiempo y eventualmente perdió el barco que debía llevarlo a Polonia. Y así fue como por una jugada de naipes mi abuelo nunca regresó al país donde había nacido.

Después que perdió el barco, Iser no tuvo otra alternativa que quedarse en Argentina. A duras penas volvió a juntar dinero para comprar los pasajes para que su familia pudiera reunirse con él. Debido a que ese dinero no fue suficiente para toda la familia, fue necesaria la ayuda de una tía suya que vivía en los Estados Unidos, quien lo socorrió en completar el costo de todos los pasajes. Y por eso, en 1937, a los catorce años, mi querido padre con mi abuela y mis cuatro tíos (dos hermanitas pequeñas y dos hermanos de casi la misma edad que mi papá), viajaron a la Argentina a comenzar una nueva vida. Dos años después de su llegada, estalló la Segunda Guerra Mundial en Europa.

Me imagino que para mi abuelo el día que perdió el barco habrá sido uno de los peores días de su vida; quizás el peor. Habrá sufrido durante años por lo que le sucedió. Se habrá concentrado en su frustrante vida cotidiana y su temporario fracaso en Argentina, en vez de ver el panorama completo, o como se dice en inglés, *the big picture*. En realidad, una familia entera y sus descendientes, incluida yo, debe su existencia a un juego del azar. Si Iser hubiera podido retornar a Europa en 1934, como él tanto lo deseaba, justo cuando Hitler asumió el poder absoluto en Alemania, es de esperar que pocos años más tarde, mi papá, mis abuelos y tíos, hubieran sido asesinados en algún campo de exterminio Nazi. De los aproximadamente 3.300.000 judíos que vivían en Polonia en el año 1939, solo unos 380.000 quedaron con vida después del Holocausto. El día que quizás fue para mi abuelo el peor de su vida, con el pasar del tiempo resultó ser el día que más suerte tuvo. ¿Lo habrá sabido Iser?

La suerte de mi abuelo parece que se extendió a un miembro de su familia que era muy unido a él. A mediados del año 1939, su hermano menor, quien tenía veintitrés años y era soltero, viajó a la Argentina a visitar a mi abuelo. Él tenía planeado quedarse unos meses visitando a su hermano mayor y a otros familiares que estaban radicados en la Argentina, pero debido a que los alemanes invadieron Polonia en septiembre de 1939, él no pudo regresar a Polonia. Por lo tanto, construyó su vida en Argentina.

¿Fue una cuestión de suerte lo que les ocurrió a Iser y a su hermano menor que se salvaron de los horrores del holocausto al tener que quedarse en Argentina? ¿O quizás fue la mano de dios? Pero como yo dejé de ser una persona creyente, me resulta difícil aceptar esa posibilidad. ¿Y por qué dios ayudaría a algunos y no a otros?

Contrariamente a las historias de mi abuelo paterno y de su hermano menor, quienes se tuvieron que quedar en Argentina, un pariente materno regresó de Argentina a su Polonia natal unos años antes de que estallara la Segunda Guerra Mundial. Mi mamá tenía un primo segundo, Osher, que era muy buen mozo, quien arribó a la Argentina en 1933 con sus padres y hermanas, cuando tenía veintidós años. Mi papá, que conocía a toda la familia de mi mamá en Polonia, me contaba recordándolo:

—¡Él era tan lindo! Era como un actor.

Osher era un buen partido para las jóvenes judías en Polonia. Cuando partió rumbo a Argentina, muchos padres se desilusionaron porque tenían la secreta esperanza de que él se casaría con una de sus hijas. Dos años después de su llegada a la Argentina, Osher decidió volver a Polonia donde tenía varias promesas de un futuro mejor. Ya en su país natal, se casó con la hija de la familia más rica de su pueblo, que era hermosa. Pero trágicamente, pocos años después, Osher, su esposa y sus dos pequeñas hijas fueron llevados a un campo de exterminio Nazi, donde fueron aniquilados. Aunque yo nunca vi una foto de Osher y no pude apreciar su belleza, cada vez que pienso en él y en su vida truncada, se me hace un nudo en la garganta y se me llenan los ojos de lágrimas.

***

Mis abuelos maternos, Isaac y Ana, con mi querida madre y mi tía llegaron a la Argentina unos años antes que la familia de mi papá. Ellos emigraron de Polonia de la misma manera que lo haría la familia de mi papá pocos años más tarde: mi abuelo Isaac arribó primero con su cuñado, el hermano de mi abuela, y un par de años más tarde el resto de la familia se unió a ellos en Argentina. En Polonia, las familias de mi papá y de mi mamá se conocían muy bien ya que vivían en pueblos vecinos, pero la situación económica de mi abuelo materno era mejor que la de mi abuelo Iser. Mi papá, al cual me lo imagino como un niño travieso, nos contaba a nosotros, sus hijos, que cuando él era chico le robaba al abuelo de mi mamá manzanas de los árboles de su huerta, y nosotros siempre nos reíamos al escuchar esa travesura.

Cuando arribaron a la Argentina, los padres de mi mamá vivieron por poco tiempo en Posadas, provincia de Misiones, al Noreste de Argentina. Unos años después se asentaron en la provincia del Chaco, también en el Noreste de Argentina, en una zona rural, en el campo donde en 1945 se fundó el pueblo de Las Garcitas. Mi abuelo tenía un galpón que surtía algodón y otros productos a los residentes de la zona, pero con el pasar de los años él y su familia se mudaron a Resistencia, la capital del Chaco. En Resistencia mi abuelo fundó un negocio de prendas de vestir, telas y zapatos, que abastecía a negocios y a familias que venían a comprar, no solo del Chaco, sino también de otras provincias y hasta de los países limítrofes Paraguay y Bolivia.

En los primeros años en el Chaco, cuando mis abuelos con sus hijas aún vivían en el campo de Las Garcitas, un día mi abuelo viajó con su empleado Ramón en un sulky (*pequeño carruaje tirado por un caballo*) a comprar mercaderías. Durante el regreso, dos ladrones armados los asaltaron. Ramón, que era muy leal a mi abuelo, luchó con uno de los asaltantes y le gritó a mi abuelo:

—¡Corra, Don Isaac! ¡Sálvese usted que tiene familia!

Y mi abuelo corrió, pero Ramón fue acuchillado y murió. Ramón, quien no tenía familia, realizó el sacrificio mayor que una persona puede realizar, que es dar su propia vida para salvar la del prójimo. Mi abuelo, que era considerado por muchos un hombre Tzadik (*persona justa y generosa*, en el judaísmo), cargó toda su vida el enorme peso de saber que alguien murió por él y por su familia. Y quizás el único pequeño consuelo que uno podría tener al recordar el terrible incidente que mi abuelo y Ramón vivieron hace muchísimos años, es que dos Tzadikim, uno judío y otro católico, tuvieron la oportunidad de encontrarse en el trayecto de sus vidas.

II
Recuerdos de Argentina

A los catorce años de edad, cuatro días después de arribar a Rosario, en la República Argentina, mi papá empezó a trabajar para ayudar a su padre, mi abuelo Iser. Sin saber el idioma y sin mostrar vergüenza por ello, él se largó a vender mercancías en la zona del puerto. Ofrecía sus productos a los obreros del puerto y a marineros, en las calles, los boliches y los cafés. Cargaba una bolsa pesada con mercancías y gritaba con su acento extraño una frase que ya conocía bien:

— ¡Peine, peineta, jabón, jaboneta!

Cuando los obreros y marineros lo oían, lo empezaban a putear:

—¡Ándate al carajo, hijo de puta!— Decía uno.

—¡Cállate, boludo!— Le gritaba otro.

Y mi papá, que había aprendido unas pocas palabras en inglés en el barco que lo llevó a la Argentina, les contestaba:

—¡*Thank you very much*! ¡*Thank you very much*!— Y todos ellos se mataban de la risa.

—¡A ver qué tienes ahí, pelotudo!— Le gritaba alguno que tenía interés en lo que mi papá vendía.

A lo que él le decía en inglés, mientras le mostraba sus mercancías:

—¡*Thank you very much*!

Aunque lo seguían puteando y se seguían riendo de él, no dejaban de comprarle. Los obreros y marineros se habrán divertido un poco con el pequeño extranjero que no entendía el castellano, pero mi papá tuvo ganancias muy buenas en sus primeras experiencias como vendedor.

Ese fue, en efecto, el comienzo de su ocupación de vendedor ambulante. Después de un corto tiempo, una vez que adquirió más palabras en castellano, siguió vendiendo durante el día mientras por la noche estudiaba en una escuela nocturna. Varios años después, antes de cumplir los veinte años, mi papá compró su primer auto y empezó a viajar a ciudades y a pueblos del interior del país para vender sus mercancías. Ya en posesión del auto, el nombre más apropiado para su ocupación pasó a ser el de viajante.

En esa época mi papá empezó a cortejar a mi mamá. Aunque ella viajaba con sus padres una vez al año a Rosario, donde vivían muchos de sus primos y tíos, después de un tiempo mi padre empezaría a viajar con su auto a Resistencia a visitar a su novia, mi madre, y a la familia de ésta. Años más tarde se casarían y adquirirían una casa en Rosario.

Mi padre continuó siendo viajante por varios años, hasta que tuvo suficiente dinero para comprar un negocio mayorista que ofrecía un surtido grande de artículos. Con la compra del negocio, mi papá ya no era un viajante y el título más formal de su ocupación pasó a ser comerciante.

El negocio se ubicaba en la calle San Luis, donde en ese entonces, y hasta hoy en día, han convivido en paz y armonía los comerciantes árabes, muchos de ellos provenientes de Siria y Lebanon, con los comerciantes judíos, venidos en su mayoría de Polonia, Rusia, Rumania, Turquía y Siria. El único incidente negativo que recuerdo de la amistosa convivencia entre los árabes y judíos, ocurrió en 1967 cuando estalló la Guerra de los Seis Días. En ese corto lapso hubo bastante tensión entre los dos grupos. En uno de los primeros días de la guerra, un comerciante árabe, vecino y amigo de mi papá, le gritó a él desde la vereda de enfrente:

—¡Jacobito, los vamos a matar a todos, Jacobito!

Mi papá se angustió bastante pero no le respondió, quizás porque en mi familia y entre nuestros parientes había un sentimiento de inminente derrota y un presagio de un nuevo holocausto. Pero pocos días después, cuando la guerra finalizó y los judíos comenzaron a festejar la victoria de Israel, mi papa izó las banderas argentina e israelí en la entrada del negocio, como solía hacerlo en todas las fiestas patrias argentinas. Años más tarde, cuando estalló la guerra de Iom Kipur, yo no estaba en la Argentina, por lo que no pude presenciar el tipo de relaciones que tuvieron los comerciantes de la calle San Luis durante ese período.

Papá siempre le estuvo agradecido a la Argentina que lo recibió con los brazos abiertos. Él siempre supo que le debía a este país no solo su éxito personal en la vida y su bienestar social y económico, sino la tranquilidad de haber sido tratado igual que a cualquier otro ciudadano, sin ser discriminado por ser judío. Es más, él siempre supo que la Argentina le salvó la vida. Hasta su vejez, mi padre decía:

—¡Argentina es el mejor país del mundo!

Lamentablemente, en Polonia él vivió y sintió el odio que los polacos le tenían a los judíos. Pero él no nos contaba muchas historias personales de Polonia y nosotros tampoco le preguntábamos demasiado. La única historia personal que nos contó varias veces fue aquella de un día después del verano, cuando volvió a la escuela con el cabello largo, por lo cual la maestra lo sentó en el medio de la clase y le afeitó una cruz enorme en el medio de su cuero cabelludo. Todos los chicos se reían de él, alentados por la maestra, y le gritaban: "¡Judío, judío!". Mi papá nunca se pudo olvidar de eso. Desde que llegó a la Argentina se negó a hablar el idioma polaco y con el pasar del tiempo se le olvidó casi por completo.

En su época de viajante y ya casado con mi madre, mi padre se quedaba varios días a dormir en hoteles en el camino. Hasta que no terminaba de vender todas las mercaderías que tenía en su auto, no volvía a casa. Muchos hoteleros y dueños de restaurantes en las zonas donde él trabajaba lo conocían y lo atendían muy bien. Cuando éramos chicos mi papá nos contaba lo que comía en los restaurantes del camino, incluyendo ranas a la parrilla y conejos al horno, lo que a nosotros nos parecían comidas raras y hasta un poco repugnantes. Él nos contaba sus historias de viaje, y hasta hoy en día sus hijos y nietos, cuando tenemos una comida juntos, recordamos riéndonos lo que un mozo que lo atendía le decía frecuentemente:

—El que no toma sopa, no come postre.

Pero yo recuerdo un día específico, cuando tenía unos cuatro años y mi papá era todavía un viajante. Ese día él regresó a nuestra casa después de una semana de viaje. No me puedo olvidar la alegría con la cual mis padres se encontraron y se abrazaron. Cuando recuerdo ese encuentro puedo ver claramente el amor que se tenían. ¡Mi papá estaba tan contento contándole a mi madre de su viaje y ella estaba tan feliz escuchándolo!

En ese recuerdo no veo ni a mi hermano mayor ni a mi hermano menor, pero quizás este último aún no había nacido. Estábamos solamente nosotros tres, mi papá, mi mamá y yo. Antes de irse de viaje, él me había prometido que me traería un lindo regalo. Y durante una semana, yo había estado esperando el regalo. Al desempacar sus cosas, me di cuenta de que no me había traído nada y empecé a llorar. Mis padres vieron que yo lloraba y empezaron a preguntarme a mí y a preguntarse entre ellos:

—¿Por qué lloras?— me preguntó mi papá.

—¿Qué pasó? ¿Te sentís mal?— me preguntó mi mamá.

Pero no contesté y continué llorando.

—¿Pero por qué llora ella?— se miraron y se preguntaron entre ellos.

¡Pobres mis padres! Nunca les dije por qué lloraba, pero en ese momento no me podía controlar. En el medio de la alegría del reencuentro, ellos no se podían imaginar por qué me largué a llorar. Simplemente lloré porque mi papá se había olvidado de traerme el regalo que me había prometido.

***

La niñez y la juventud de mi madre fueron más fáciles que las de mi padre. Ella llegó a la Argentina a la edad de seis años y estudió en las escuelas públicas hasta que terminó el ciclo básico de la escuela secundaria. No tuvo la necesidad de trabajar para ganar dinero como en el caso de mi papá, pero ayudaba a mi abuela en la casa, cuidaba a su hermana menor quien sí nació en la Argentina, e iba al negocio de mi abuelo a ayudar un poco. Siempre fue muy culta. Le encantaba la música clásica y le gustaba mucho leer.

Varios años después de que mis padres se casaran, mi mamá empezó a trabajar con mi papá para ayudarlo en el negocio. De esta manera, ella era un poco un ama de casa pero también una comerciante.

Mi mamá era una persona muy bondadosa. Nunca pensó mal de nadie y nunca criticó a nadie. Ella tenía un gran amor por la vida y por la gente, y su alegría interna se reflejaba en su sonrisa y en sus ojos iluminados cuando se encontraba con algún conocido. Si ella hubiera tenido todo lo que deseaba, o si le hubieran faltado cosas en su vida, como dinero, una casa, o amor, hubiera estado igualmente satisfecha con la vida. Siempre apreció lo que tenía y no le interesaba tener más. Ella nunca envidió a nadie.

¡Ojalá yo hubiera sido como ella! Quizás fui un poco como ella en mi infancia, adolescencia y en los primeros años de mi adultez, cuando todo lo que tenía me parecía bueno y estaba satisfecha con lo que tenía y también con lo que no tenía. Todavía recuerdo que como adolescente me miraba en el espejo y pensaba: "Menos mal que soy normal y tengo todas las partes de mi cuerpo en su lugar".

Estaba satisfecha y quizás contenta con tener simplemente todas las partes de mi cuerpo en su lugar y no me interesaba ser más linda o distinta de lo que era. Hasta que tuve unos treinta años creo que nunca me comparé con nadie, pero después de esa edad empecé a ser más competitiva en mi trabajo y comencé a compararme con los demás.

Eso sí, nunca juzgué a nadie; no me interesaba y no me daba ningún placer juzgar la conducta de los otros. Me acuerdo de que en la escuela primaria, teníamos un compañero de clase llamado Alberto, que era un poco amanerado o afeminado, y casi todos los chicos del grado, especialmente los varones, se reían de él o le hacían bromas, como ponerle en la espalda una substancia que picaba, porque en esa época, hace unos cincuenta años, era aceptable hacer ese tipo de bromas a chicos afeminados. A mí me molestaba mucho lo que los otros alumnos hacían y les decía que se dejen de hacer esas cosas; la mayoría de ellos me escuchaban, otros no tanto. Yo siempre aprecié a Alberto y nunca me reí ni de él ni de nadie en la clase. Nunca se me hubiera ocurrido reírme de nadie.

Con el tiempo descubrí que soy más parecida a mi papá que a mi mamá, aunque me hubiera gustado ser más parecida a mi madre, que era tan bondadosa. Mi papá era un poco menos bondadoso, pero sentía una gran compasión por gente que sufría o por los que tenían problemas por alguna injusticia; y yo soy como él en ese sentido. Mi padre ayudó a muchos, incluidos sus hermanos y algunos de sus amigos que tenían problemas económicos.

Mi papá sentía ansiedad de hablar en público o enfrente de grupos grandes. Yo he experimentado esa ansiedad desde los doce años, aunque en mí ésta ha sido más fuerte que en mi padre. Antes de esa edad, nunca tuve problemas de hablar en público; declamaba versos en la escuela primaria en todas las fiestas patrias y subía al escenario como si nada pasase. Según la psicóloga que consulté durante mi adolescencia, ese tipo de ansiedad puede aparecer en las mujeres después de empezar a menstruar, cuando comienzan a ser más conscientes de sus cuerpos y de sí mismas; pero no estoy segura si esa teoría se aplica a mi caso individual. Como adulta, a pesar de esa limitación, he podido triunfar como profesora universitaria, aunque siempre he cargado conmigo la ansiedad de hablar en público y muchas veces no me ha sido fácil. A través de los años, he pasado varios momentos vergonzosos, ya sea en reuniones con mis colegas o en comités con otros profesionales, cuando el corazón me latía rápidamente y me temblaba la voz o cuando simplemente me ponía colorada. Sin embargo, cada vez que he empezado a enseñar un nuevo curso lo he hecho en una voz serena y confiada que no ha delatado mi temor, ayudada en buena medida por el conocimiento del tema que estoy a punto de impartir.

Mi madre era una persona muy optimista, pero mi padre era pesimista. Y yo, que soy bastante parecida a mi padre, comencé a desarrollar una visión pesimista de la vida al final de mi adolescencia. Cuando estaba cursando el primer año de estudios del doctorado, planeando con un grupo de amigos un viaje para las vacaciones de primavera o *Spring Break*, sugerí a mis amigos que no nos olvidáramos de llevar la tarjeta del seguro de salud, por si pasaba algo, por lo que una amiga española me preguntó:

—¿Y por qué tiene que pasar algo?

Entonces me di cuenta de que ella pensaba de un modo muy distinto al mío, porque a ella nunca se le hubiera ocurrido pensar que algo malo podría pasar; pero yo, siendo pesimista, no descartaba la posibilidad de que algo malo podría ocurrir.

Mi papá era un muy buen observador de la gente y de lo que ocurría alrededor suyo. Él era muy despierto, como se dice. Muchas veces, cuando no tenía ningún cliente en el negocio, se paraba en la entrada del local y observaba el movimiento de la gente en la calle, y más de una vez identificó y ayudó a capturar a personas que habían robado mercaderías en el negocio del vecino, porque mi papá los había observado entrar sospechosamente a ese negocio y salir de ahí con rapidez llevando varias bolsas en sus manos.

Yo también siempre he tenido la característica de ser una buena observadora de la conducta de la gente y de mis alrededores. Cuando era pequeña, me gustaba sentarme en un rincón del umbral en la entrada del negocio y observar a la gente que pasaba por la calle. Una vez, después de observar por un tiempo largo a los que pasaban por nuestra vereda, les pregunté a mis padres:

—¿Por qué hay tanta gente que usa cadenitas con cruces y tan pocos que tienen cadenitas con la estrella de David?

Y mis padres me explicaron que eso era porque la mayoría de las personas en Argentina son cristianos y usan cadenitas con cruces, pero no hay tantos judíos como los hay cristianos. Eso me asombró un poco, pero con el tiempo internalicé esa nueva información.

Mi papá era muy inteligente, particularmente con los números. Él podía hacer complicados cálculos matemáticos en su cabeza sin necesidad de un calculador o de anotar los números. Yo he sido buena en matemática, pero no tan buena como él. Pero siempre tuve muy buena lógica, lo que me ayudó en mis estudios.

A pesar de que me guíe por la lógica, mi papá y yo tuvimos una creencia en común: los dos creíamos en la suerte en la vida. Quizás yo creía en eso porque él me influenció con su propia creencia. Mi padre siempre decía que hay que tener suerte en la vida. Él nos solía cantar con su hermosa voz la famosa canción que "The Barry Sisters" cantaban en yiddish en los Estados Unidos:

Vie Nemt Men a Bisele Mazel... (Dónde se encuentra un poco de suerte...)
Vie Nemt Men a Bisele Glik ...(Dónde se encuentra un poco de fortuna...)

Yo nunca fui tan sociable como mi papá. Aunque en mi niñez y adolescencia tuve muy buenas amigas, siempre me sentí como una extraña en los grupos sociales que frecuentaba, como si no perteneciera a ninguno de ellos. A decir verdad, el sentimiento de ser una extraña me ha acompañado gran parte de mi vida. Pero mi padre, no solo que era muy sociable, sino también muy chistoso. Él tuvo muy buen sentido del humor hasta el último día de su vida.

Mi padre fue muy querido por muchos, especialmente, a mí parecer, por los hombres. Mis hermanos y otros hombres de la familia, primos míos, sus cuñados y su hermano menor, lo adoraban. Hasta mi esposo, quien conoció a mi papá cuando éste era ya de edad avanzada, lo adoraba y admiraba. Pero yo, desde que fui una mujer mayor, me di cuenta de que era a mi madre a quien idolatraba.

Cuando era chica, los mayores nos preguntaban a mí y a mis hermanos la pregunta capciosa:

—¿A quién quieres más, a tu mamá o a tu papá?

Y yo me decía a mí misma:

—¿Cómo uno puede elegir? ¿Cómo se le puede preguntar a un niño algo así?

Me parecía una pregunta difícil que ninguno de nosotros nunca pudo contestar, porque como niños creíamos que los queríamos a los dos de la misma manera. Pero hoy en día, como mujer adulta, hubiera contestado:

—A mi mamá.

Mis padres tuvieron tres hijos, dos varones y una mujer, que soy yo. Veinte días después de cumplir mis cuatro años, mi hermano mayor y yo estábamos en la casa de unos tíos de mi mamá, donde también había otros familiares que nos cuidaban. Nosotros dos jugábamos y mientras yo le decía a mi hermano una y otra vez "una nena", el repetía todo el tiempo "un varón, un varón". De repente, llegó mi papá corriendo, y con una sonrisa de oreja a oreja gritó:

—¡Un varón, un varón! ¡Silvia tuvo un varón!

Mientras los tíos y primos de mi mamá lo besaban a mi padre, diciéndole:

—¡*Mazal Tov, Mazal Tov*! —y brindaban exclamando— ¡*Le Jaim, Le Jaim*!—, mi hermano por su lado saltaba de alegría gritando:

—¡Yo gané! ¡Mamá tuvo un varón!

Y yo me puse a llorar. Siempre quise tener una hermanita. En ese momento no lloré solo porque perdí la apuesta con mi hermano, sino que realmente quería tener una hermana. Y eso es algo que he anhelado varias veces en la vida.

Ocho días después, se realizó la ceremonia de la circuncisión de mi nuevo hermanito, como es requerido en la religión judía. En mi casa había muchos invitados, adultos y niños. Yo vestía un vestido rojo, el cual recuerdo a la perfección. Ese día era carnaval, y varios niños que estaban en nuestra fiesta, me tiraron un balde de agua desde la terraza y me mojaron completamente. Mi mamá vino enseguida a socorrerme y me cambió ese vestido rojo por otro vestido rojo. Pero yo ni lloré ni me emocioné, porque las cosas físicas, como cuando mi hermano mayor me pegaba o si esos niños me tiraban agua, no tenían un gran impacto sobre mis emociones.

Durante mi niñez, y hasta en mi adolescencia, yo tenía una idea fija, que dos hermanas pueden ser más unidas que un hermano y una hermana, y seguramente no se pelean entre ellas. Pero en mi adultez, viendo la realidad de otras familias, me di cuenta de que el género no es necesariamente el factor más importante en las relaciones entre hermanos. Con el tiempo comprendí que ya no necesitaba una hermana, en parte porque por más de cincuenta años he tenido una hermana ¨postiza¨, Marta, con la cual hemos mantenido una amistad indestructible, la cual se fortaleció con el correr de los años.

Quizás de pequeña tuve el deseo de tener una hermanita, porque hay veces mi hermano mayor, que era muy travieso, me molestaba o me pegaba, y yo trataba de pegarle de vuelta, pero él era más fuerte y siempre me ganaba en esas peleas. Pero cuando me quejaba a mis padres, ellos siempre me apoyaban a mí y lo retaban a él. Sin embargo, con mi hermano menor nunca nos peleamos o nos molestamos el uno al otro; él se portaba muy bien, y yo trataba de protegerlo ya que él era cuatro años menor.

Pero mi hermano mayor y yo, a pesar de nuestras peleas, teníamos una actividad exclusiva de los dos, la cual nos encantaba. Todos los domingos, con muy pocas excepciones, mis padres nos mandaban a mi hermano y a mí al cine a la hora de la siesta. Los dos juntos caminábamos seis cuadras hasta el Cine Urquiza, donde muchas veces nos quedábamos a ver dos películas seguidas. En el cine, en cuyo lobby estaba pintado un cielo azul oscuro lleno de estrellitas blancas que titilaban, comprábamos maní con chocolate para comer durante las películas. Creo que en nuestra infancia, raramente nos perdimos alguna película nueva a la hora de la matinée. ¡Cómo nos gustaba ir al cine los domingos!

Mis padres tenían una pareja de íntimos amigos, Raúl y Raquel, quienes tenían dos hijas. Raquel era una mujer hermosa, o por lo menos yo la veía como tal, pero los niños saben intuitivamente quien es bello o hermoso. Cuando éramos chicos, nuestras familias hacían muchas actividades juntas, ir a comer afuera a restaurantes, ir al cine o a paseos, y una vez hasta nos fuimos juntos de vacaciones. Pero esas vacaciones fueron muy cortas porque a Raúl le resultaba caro pagar por varias noches de hotel para su familia, aunque mi papá ya les había pagado una de las noches con el fin de que se quedaran más tiempo con nosotros.

La hija mayor y yo teníamos la misma edad y éramos muy amigas y por eso yo iba muy seguido a dormir a su casa y ella venía a dormir a la mía. Como Raúl y Raquel no tenían auto, cuando me quedaba en la casa de ellos algún feriado o un fin de semana, me llevaban a pasear en el ómnibus. Siempre íbamos bien vestidos a nuestro paseo, Raúl, Raquel, sus dos hijas y yo. Nos subíamos a un colectivo al principio de su recorrido, nos sentábamos en los mejores asientos donde podíamos ver bien la ciudad y hacíamos todo el recorrido hasta que el bus volvía al mismo lugar donde lo habíamos tomado. Raquel me preguntaba si había disfrutado, y yo sinceramente le decía que sí. A mí me gustaban esos paseos porque me interesaba mucho observar a la gente que subía y bajaba del bus. Nunca se me ocurrió pensar que en esa época en Argentina ese tipo de distracción era sobre todo para gente de recursos limitados.

Nosotros teníamos una situación económica mucho mejor que la familia de Raúl y Raquel, y aunque ellos trataron varias veces de iniciar nuevos negocios, no les fue bien en esos intentos. Mi papá, que era muy generoso ayudando a sus hermanos y a sus amigos, le ofreció en cierta ocasión a Raquel un rincón muy bien ubicado en nuestro negocio con una hermosa mesa para que ella pudiera vender carpetitas bordadas y de a crochet que una conocida suya fabricaba. Mi papá no tenía ninguna ganancia con las carpetitas ni le interesaba tenerla, porque su intención era solo ayudarla. Raquel trabajó en nuestro negocio varios meses, pero no llegó al año, porque al parecer vender carpetitas no era muy lucrativo.

Con el correr de los años, comprendí que Raquel y su familia tenían mala suerte, y no solo en el aspecto económico. Primeramente, la hija menor, a los quince años y siendo soltera, quedó embarazada, lo que en esa época, hace unos cuarenta y cinco años, era una vergüenza para la familia. El niño fue dado a una familia en adopción. Un año más tarde, a los cincuenta y dos años, Raúl falleció de cáncer del estómago. Fue entonces cuando Raquel le dijo a mi mamá, llorando desconsoladamente, que ella no tenía suerte en la vida. Y, como si hubiera predicho correctamente su futuro, la hija mayor, casada con dos hijos, y al borde de la pobreza, murió de cáncer del útero a los cincuenta y cuatro años. Doce años después de su hija, Raquel falleció. Muchas veces pienso en ella y me acongojo recordándola.

En mi casa tuvimos siempre una mujer que vivía con nosotros y ayudaba en el trabajo de la casa, pero nosotros nunca usamos la palabra mucama para referirnos a ella. Simplemente decíamos el nombre de la persona sin ponerle ningún título. La mujer o "chica cama adentro" como algunos decían, se dedicaba a limpiar la casa, a cocinar y a hacernos compañía cuando estábamos solos sin nuestros padres. Las tres mujeres que sucesivamente a través de los años trabajaron y vivieron en nuestra casa, Pastora, Selva y Mary, se quedaron mucho tiempo con nosotros porque les gustaba el trato y la libertad que mis padres les daban. Cada una de ellas fue parte de nuestras vidas. A nuestros ojos, como niños, ellas eran parte de nuestra familia. Mi mamá le enseñó a Selva a cocinar comidas judías y al final Selva se volvió una experta en la cocina judía, especialmente en la preparación de Guefilte Fish (*Pescado relleno tradicional judío*), que lo hacía mejor que mi mamá y que otras madres judías.

Con Selva, que era unos diez años mayor que yo y quien estuvo en mi casa muchísimos años, yo salía al centro algunos sábados por la mañana a ver vidrieras o a comprar ropa, y muchas veces ella me llevaba a visitar a sus amigas. Ella era una mujer muy atractiva y se vestía muy bien. Las dos éramos buenas amigas, a pesar de la diferencia en edades, que ya no se notaban tanto cuando yo tenía quince años y ella tenía veinticinco. Ella tenía una hermana mayor, Tita, a quien yo veía muy seguido porque venía a visitar a Selva a nuestra casa por lo menos una vez a la semana, y hay veces que Selva me llevaba a visitar a Tita, quien vivía en una casa muy modesta. Ella compartía su vida con un hombre que la maltrataba mucho hasta que un día ella agarró un tubo de fierro y lo golpeó en la cabeza, matándolo instantáneamente. Tita fue sentenciada a dos años de cárcel porque la policía conocía la situación de abuso físico en que ella se encontraba, de lo contrario ella habría recibido una sentencia mucho más larga. Selva trató de explicarme lo que había ocurrido con su hermana, pero yo no necesitaba ninguna explicación porque, aunque tenía solo doce años, le daba toda la razón a Tita que tuvo que sufrir tanto con un hombre abusador. Cuando terminaron los dos años de su sentencia, mis padres la recomendaron para que trabajara en la casa de mi mejor amiga, Marta, cuyos padres eran muy buenos amigos de los míos. Y Tita trabajó en la casa de mi amiga por varios años.

La última mujer que trabajó en nuestra casa, Mary, quien como las dos anteriores estuvo con nosotros muchos años, solo se separó de mis padres y de mi hermano menor cuando ellos se fueron a vivir a Israel. En ese entonces mi hermano mayor y yo ya estábamos en Israel. La despedida de ella con mis padres fue dolorosa y ella les pedía que la llevaran con ellos, pero en esa época eso era imposible; ni siquiera millonarios podrían haber llevado a Israel a alguna persona para que trabaje en sus casas. Varios meses después de que mis padres partieran, Mary dio a luz a un varón y lo bautizó con el nombre Moishe, en yiddish, en honor a mi hermano menor. Espero que el pequeño Moishe, que no era judío, haya tenido suerte con ese nombre tan típico judío.

En nuestra familia se respetaban las tradiciones judías. Mis padres creían en dios y yo como niña aprendí de ellos a creer también, creencia que tuve por mucho tiempo hasta que cumplí más o menos unos treinta años. Mi padre y mi madre iban a la sinagoga para las fiestas importantes judías, pero no los sábados, y nos llevaban a nosotros que jugábamos con otros chicos en los patios de la sinagoga mientras ellos rezaban adentro o hablaban con sus amigos. Mis padres eran los únicos en la familia de mi papá que celebraban el Seder de Pesaj (*Cena ritual de la festividad de Pesaj*) e invitaban a todos mis tíos y primos a nuestra casa para esa celebración con cena. Aunque éramos tradicionalistas, no éramos religiosos. Nunca comimos Kosher como es requerido en la religión judía; comíamos jamón y nos encantaba comer tostados de jamón y queso.

Mis padres ayunaban en Iom Kipur (*El Día del Perdón*) y yo empecé a ayunar a los doce años de edad, como es requerido de las mujeres, mientras los hombres deben comenzar a los trece años. Ayuné por muchos años mientras creí en dios. Algunas de mis amigas y conocidas también ayunaban en ese día, aunque ellas venían de hogares no tan conservadores como mi propia familia, pero ésta era una costumbre respetada por algunos jóvenes de la colectividad judía. Una vez que dejé de creer, dejé de ayunar en Iom Kipur. Pero mi falta de creencia no fue repentina, sino que se desarrolló poco a poco a través de los años. No es que me puse a analizar si dios existe o no existe para decidir racionalmente de dejar de creer en dios, sino que esta creencia desapareció de mí naturalmente. Con el tiempo no sentí ninguna conexión con algo de cuya existencia no estaba segura.

***

A los quince años, mi timidez me empezó a asfixiar un poco. Me molestaba ser tan tímida. Una vez, a la hora del almuerzo, de repente les dije a mis padres que quería ir a una psicóloga porque tenía problemas y quería que ella (yo quería que fuera una mujer) me ayudase con mi timidez. No sé de adonde saqué esa idea, porque en esa época nadie en mi ámbito social iba todavía a un psicólogo. Mi papá no se metió mucho en eso, porque él no se metía en las cosas que no entendía o que no quería entender. Pero mi mamá estaba herida por lo que dije. Le dolió tanto lo que pedí, que me dijo con una voz temblorosa:

—Yo siempre pensé que fui una buena madre.

¡Hasta hoy en día me duele tanto recordar cómo la herí a mi mamá! ¿Cómo ellos, mis padres, podrían haber sabido que no tenía nada que ver con sus roles de padres que su hija necesitara ir a una psicóloga?

Ellos nunca me negaron nada, y de eso no me puedo quejar. Por lo tanto empecé a ir a una psicóloga, pagada por mis padres, por supuesto. La psicóloga no me ayudó con mi timidez, y no estoy segura si realmente me ayudó en otros aspectos. Me gustaba hablar de mí misma y analizar mis sueños, pero dudo que ir por dos años a una psicóloga haya sido una idea tan buena. En esa época en Argentina, otros jóvenes, incluidos amigos y conocidos míos, empezaron también a ir a psicólogos, pero ninguno me influenció en mi decisión, porque yo empecé un poco antes que otros, aunque lo mantuve en secreto por muchos años. Al cabo del tiempo, varios amigos de mis padres también empezaron a analizarse, de modo que ir a un psicólogo dejó de ser para mis padres algo tan raro, y mi papá dejó de creer que eso era solamente para los locos.

III
Recuerdos de Israel

A los diecisiete años, cuando aún vivía en Argentina, dos amigas mías y yo decidimos consultar a una mujer que leía las líneas de las manos, para saber nuestro futuro. Al final de ese año yo tenía planeado viajar a Israel con un grupo de jóvenes, para especializarnos en ser maestros de hebreo en Argentina. Estaba tramitando mi pasaporte y mis padres ya habían pagado por ese programa de estudios.

Cuando la mujer les leyó el futuro a mis amigas todo parecía ir bien, pero cuando llegó mi turno algunas cosas no parecieron estar tan bien. Primero me dijo que me iba a casar tarde. Mis amigas y yo le preguntamos:

—¿Qué quiere decir tarde? ¿A qué edad se refiere?

—Y…digamos… —dijo la mujer mirando atentamente a las líneas de mi mano derecha— entre los veinticuatro y veintisiete años.

Eso no nos pareció mal, aunque había que esperar algunos años. Pero si yo hubiera sabido que iba a ser mucho más tarde de lo que ella predijo, seguramente me hubiera asustado. Después me dijo que yo no iba a viajar nunca y que no saldría de la Argentina. Entonces, le empecé a discutir que ya tenía el pasaporte, aunque en ese momento era solo un trámite, y que tenía planeado un viaje para estudiar en el extranjero. A lo que ella me contestó que los planes no siempre se cumplen. Y, acto seguido, nos contó que una celebridad de la televisión, cuyo nombre no nos reveló, vino a asesorarse con ella porque había firmado recientemente un contrato para dirigir un nuevo programa. Pero la adivina le dijo que eso no ocurriría, y, efectivamente, como ella predijo, el programa se canceló y la celebridad no pudo dirigirlo.

Yo me sugestioné mucho y me preocupé por varios meses pensando que no iba a poder viajar. Pero al contrario de sus predicciones, viajé a Israel como lo tenía planeado. Más aun, a pesar de que la mujer me dijo que no iba a viajar nunca, con los años viajé bastante por el mundo. Eso sí, ella acertó en que me iba a casar tarde.

Para llegar a Israel, nuestro grupo de estudiantes con sus acompañantes mayores debió tomar en Buenos Aires un buque a Montevideo, Uruguay, y de ahí un avión que tenía dos paradas: una de varias horas en Monrovia, Liberia, y otra de una noche con hotel incluido en Zúrich, Suiza. Cuando me despedí de mis padres y de mi hermano menor en el puerto de Buenos Aires, mi papá me abrazó fuerte y lloró mucho, y en ese momento me angustié y pensé: "Yo no sabía que mi papá me quería tanto".

Unos días después de cumplir los dieciocho, arribé a Israel con el grupo de jóvenes aspirantes a maestros de hebreo. Mi hermano mayor ya estaba viviendo en Israel por unos tres años y en el momento de mi llegada estaba sirviendo en el ejército israelí. Él y mis tíos fueron a recibirme al aeropuerto. El encuentro con ellos fue muy emocional pero demasiado corto, porque yo debía ir con el grupo de estudiantes a Jerusalén, donde se ubicaba el colegio.

No eran tiempos tranquilos. En octubre de 1973, cuando estaba cursando el programa para maestros de hebreo, estalló la Guerra de Iom Kipur. Un minuto después de escuchar la sirena de guerra por primera vez en mi vida, observé en la calle, desde el balcón de la casa antigua donde dormíamos los estudiantes, a un muchacho vestido de soldado. Había llegado en un taxi para ver a su padre, quien se encontraba rezando en la sinagoga de enfrente, cuando ningún coche, ni siquiera los taxis, viajaban por las calles desiertas de Jerusalén en el día de Iom Kipur. Cuando el taxi se detuvo, el padre salió corriendo de la sinagoga con el libro de oraciones en una mano y el Talit (*Accesorio religioso judío en forma de chal*) cubriéndole los hombros y el pecho, para besar y bendecir a su hijo quien partía a luchar. Esa imagen quedó grabada en mi mente para siempre, junto con una pregunta: ¿se habrá reencontrado ese padre con su querido hijo?

Aunque yo estaba bien protegida en el colegio donde estudiábamos, mi hermano mayor, sin embargo, todavía servía en el ejército y por varios días nadie en nuestra familia, tanto en Israel como en Argentina, supo nada de él. Mis padres en Argentina estaban enloquecidos por la preocupación, y mi mamá se enfermó a causa de no saber lo que ocurría con mi hermano. A mi mamá le salió una úlcera en el estómago y estuvo en cama muchos días, hasta que finalmente recibimos noticias de él; estaba bien y no se encontraba en una zona de combate. Después de acabada la guerra, mis padres decidieron que ellos debían reunirse con sus hijos en Israel, afectados por el sufrimiento que tuvieron durante ese periodo.

Y es así como dos años después de mi llegada, mis padres con mi hermano menor fueron a vivir a Israel. Eso ocurrió un año y medio antes de que comenzara la dictadura militar en Argentina, la cual se extendió desde 1976 a 1983, por lo tanto, nadie en mi familia tuvo que vivir esos años terribles. Aunque estábamos al tanto de lo que ocurría en Argentina, no tuvimos que vivir el terror diario de saber que militares o policías podían irrumpir cualquier noche en nuestra casa para buscar cosas, documentos o nombres de personas, o aún peor, para llevarse con ellos a algún miembro de la familia.

En los últimos años de ese período, varios familiares nuestros, especialmente los que vivían en Argentina, nos decían que hicimos bien en viajar a Israel, porque mi hermano mayor hubiera sido un buen candidato para ser uno de los miles y miles de desaparecidos que hubo durante la dictadura militar, por sus características personales. Contrariamente a él, mi hermano menor y yo éramos muy pacíficos y no nos metíamos mucho en política, por lo tanto quizás no hubiéramos corrido peligro, aunque nunca se puede saber con seguridad lo que podría haber sucedido.

Aunque nosotros queríamos mucho a Israel, también queríamos mucho a la Argentina, donde vivíamos muy bien y donde yo, personalmente, nunca sentí ningún signo de antisemitismo. Nuestra migración de Argentina a Israel, primero por mi hermano mayor, luego por mí y, finalmente, por mis padres con mi hermano menor, fue realizada por motivos que fueron de cierta manera personales. Mi hermano mayor fue a estudiar a los dieciséis años a una escuela interna muy buena porque él era demasiado rebelde y no se dedicaba a sus estudios, yo viajé por un año pero decidí quedarme un poco más para estudiar en la universidad, y mis padres decidieron mudarse porque sufrieron mucho, especialmente mi mamá, durante la guerra de Iom Kipur cuando mi hermano mayor estaba en el ejército. Mi hermano menor fue el único que no tomó la decisión por sí mismo de ir a Israel, ya que él era muy joven cuando viajó con mis padres, pero hubo veces en que él les reprochó que ellos lo llevaran a Israel sin consultarlo. Sin embargo, el que más se lamentó sobre el cambio de país fue mi papá, quien recordaba con dolor haber dejado la Argentina. Como mecanismo de defensa, yo casi borré de mi memoria lo difícil que le resultó a mi padre ese cambio, ya que él fue un comerciante exitoso en Argentina y pasó a ser un gerente común y corriente en un supermercado en Israel. Ese cambio fue doloroso para él, porque mi padre era muy hacedor y su éxito en el trabajo constituía uno de los componentes más importante de su identidad. ¡Ni quiero pensar como él sufrió en esa época! Pero después de varios años de vivir en Israel, a raíz de un viaje a la Argentina durante el cual mi papá descubrió la mala situación económica en la que se encontraban sus hermanos, se acostumbró al cambio de país y aceptó su vida en Israel. Con el tiempo, ya no serían uno sino dos los mejores países del mundo para él: la Argentina e Israel.

Nuestra decisión de emigrar justo antes de la dictadura militar, la asocio muchas veces con la historia del abuelo Iser, en la que el azar permitió que la familia se salvara del Holocausto. Pero hubo veces que he pensado que alguno de nosotros podría haber regresado, ya que no era lo mismo volver a la Argentina que volver a Polonia, donde la sangre de los judíos corrió profusamente. Y si existieran dos vidas paralelas en nuestra realidad, me hubiera gustado saber cómo hubiera sido la vida de cada uno de nosotros, incluida la mía, de haber vuelto a la Argentina.

Finalizado el año de estudio para maestros de hebreo, casi todos los jóvenes del grupo volvieron a la Argentina, pero algunos, incluidas yo y una de mis mejores amigas, decidimos quedarnos en Israel para estudiar en la universidad. Yo me anoté en tres universidades, y dos de las tres me aceptaron. Como tenía que elegir entre esas dos universidades, decidí quedarme en Jerusalén y estudiar en la Universidad Hebrea de Jerusalén. Ahí estudié Educación y Sociología.

En el segundo año de estudios, debía seleccionar una especialización en el área de Educación. Mi elección fue Educación Especial, la cual se concentra en el desarrollo y la enseñanza de niños con discapacidades. Hasta hoy en día, si alguien me preguntase por qué elegí esa especialización, no sabría qué contestar. Fue un impulso, pero nunca me arrepentí de haber elegido esa carrera.

Después de tres años de estudios universitarios, cuando obtuve mi título de Bachelor (B.A.), empecé a buscar un trabajo como maestra en educación especial. Aunque no era fácil encontrar un buen trabajo en esta área de educación, lo encontré con facilidad, y no porque yo sabía arreglármelas tan bien, sino porque recibí ayuda de una fuente inesperada para mí: mi mamá. La primera ayuda que ella me dio fue cuando empecé a buscar trabajo y ella me sugirió ir al colegio donde tomé el curso de un año para maestros de hebreo cuando llegué a Israel, pues tal vez ellos me podrían ayudar. ¿De dónde sacó mi mamá esa idea? No lo sé.

Aunque al principio me opuse un poco porque a mí no me gustaba molestar a la gente y pedir favores, al final decidí seguir su consejo. Para mi gran sorpresa, el director del programa para maestros de hebreo era íntimo amigo de la directora del Departamento de Educación Especial en Jerusalén y sus alrededores, y él simplemente le pidió que me ayudara a conseguir un trabajo de maestra en educación especial, lo que ella hizo inmediatamente.

La segunda ayuda que mi mamá me proveyó fue cuando le pregunté antes de ir a la entrevista:

—Y si me preguntan si yo sé enseñar o si tengo experiencia, ¿qué les digo?, ¿qué hago? No tengo experiencia y no estoy segura si sé enseñar.

Y mi mamá me dijo:

—Vos les decís que sabes enseñar y no les digas que no tienes experiencia. Vas a hacer el trabajo muy bien, así que no tienes que decirles que no sabes o que no tienes experiencia.

Yo estaba un poco extrañada que mi mamá me diera ese consejo porque yo era, como ella, muy honesta. Pero la escuché y precisamente en la entrevista dije e hice lo que ella me recomendó. Y es así como la directora del Departamento de Educación Especial me ofreció el trabajo de maestra de niños con Autismo, y, como es de imaginarse, esto me hizo muy feliz.

En la época en que trabajé con niños con Autismo, esa categoría de niños era relativamente nueva y no muy conocida, ni siquiera en educación especial. En ese entonces no había tantos niños identificados con Autismo como hoy en día y los pocos que eran categorizados como tal tenían características muy obvias o severas. Todavía no se hablaba mucho del síndrome de Asperger o de niños muy inteligentes con

Autismo, ni se identificaban niños que tenían características leves de Autismo. Algunos profesionales continuaban usando la teoría de las "Madres Neveras", que echaba la culpa a las madres de tener niños con Autismo debido a su falta de calor o afecto. Una vez que conocí en mi trabajo a los niños con esta discapacidad, me di cuenta de que esa teoría no tenía mucho sentido y que la conducta de esos niños no podía ser el efecto de una causa psicológica relacionada con la poca afectividad de las madres.

Yo trabajaba en una clínica con una ayudante y tenía una clase de seis varones de cinco a ocho años. Los niños casi no tenían comunicación verbal, con la excepción de unas pocas palabras o frases cortas que dos de ellos usaban para comunicarse. Uno de los niños tenía ecolalia (*repetición de vocalizaciones*) y repetía literalmente lo que se le decía con el mismo tono que él escuchó decirlo. Otro niño se balanceaba todo el tiempo mientras que otro se golpeaba la cabeza contra la pared y hacía movimientos repetitivos con sus manos. Un niño tenía obsesión con autos de juguete y otro con pelotas de todos los tamaños. Por su parte, otro niño que era muy alto trataba de escaparse de la clínica intentando saltar una muralla empinada que había en el patio donde los niños jugaban durante el recreo. Las veces que logró hacerlo, los policías del barrio, que nos conocían muy bien, lo traían de vuelta en un auto de la policía con la sirena prendida y él volvía contento porque eso precisamente le gustaba.

Nosotros tratábamos de corregir esas conductas usando refuerzos positivos. Pero también llevábamos a cabo con los niños otras actividades, como pintar, armar rompecabezas, indicar dónde están ciertos objetos o figuras, cortar con una tijerita, escuchar cuentos o música, identificar sus nombres escritos, y practicar palabras o frases para comunicarse con los demás.

Unos veinte años más tarde, cuando tenía cuarenta y tres años, fui a visitar a mis padres y hablando con mi madre, ella me contó que ellos recibían muchos pedidos de donaciones, ya fuera por teléfono o personalmente, algo que con el tiempo dejaron de hacer. Mi madre había decidido que la única causa a la cual seguirían dando dinero era una fundación para ayuda, investigación y enseñanza de niños con Autismo. Hasta esa conversación nunca supe sobre tal decisión. Me emocionó que mi madre haya hecho esa elección y entendí que ella les tenía cariño a los niños con Autismo debido a que yo trabajé con ellos y que ellos fueron importantes para mí.

Mi trabajo con niños con Autismo duró unos dos años y después de ese tiempo la directora de Educación Especial en Jerusalén me ofreció trabajar en una escuela muy buena para niños con retardo mental leve, hoy en día llamados niños con discapacidades intelectuales. En esa escuela trabajé durante casi cinco años enseñando a los niños a leer, a escribir, y a hacer cálculos simples en matemáticas. Y mi mamá al final tuvo razón: yo fui una muy buena maestra de niños con discapacidades y no hubo necesidad de decir en la entrevista que no sabía o que no tenía experiencia.

Cuando enseñaba en la escuela de niños con retardo mental leve empecé a estudiar en la universidad un título más avanzado, el de Máster en Educación Especial. Por lo tanto, mientras yo enseñaba a mis alumnos todas las mañanas, dos tardes a la semana iba a la universidad a tomar clases.

Los miércoles empezaba a enseñar a las diez y media de la mañana porque mis alumnos tenían otras clases, incluidas manualidades y gimnasia. Todos los miércoles iba a las ocho y media de la mañana, antes de empezar a trabajar, a un café en el centro de Jerusalén que se llamaba Atara, donde algunos escritores o poetas famosos iban a sentarse a tomar un café y a leer el diario. A mí me encantaba ir cada miércoles a sentarme en ese café a la mañana. No iba ahí por los escritores, sino por el excelente café con leche y el croissant que servían, así como por el ambiente intelectual del lugar. ¡Qué raro es que recuerde con nostalgia algo tan simple como ir a sentarse en un café! Después de tantos años, no recuerdo muy bien las veces que fui a restaurantes buenos con mis amigos o con un muchacho con el cual salía, pero sí recuerdo perfectamente y con añoranza cuando iba al café Atara los miércoles por la mañana.

Esto me hace recordar mi encuentro en Israel con una chica a la cual yo conocía desde mi adolescencia. Durante la dictadura militar en Argentina, esa chica fue capturada por los militares, quienes la torturaron por un tiempo bastante largo, hasta que la soltaron. Cuando los militares la dejaron ir, ella viajó a Israel por unos meses y luego regresó a la Argentina. Cuando estábamos charlando, le pregunté qué es lo que ella más añoraba o en qué pensaba cuando estaba en la celda de los militares, y ella me dijo que ella soñaba despierta con estar sentada en un café tomando un cafecito caliente. ¿Será quizás que con el tiempo lo que más anhelamos son las cosas simples de la vida que nos dieron un poco de satisfacción, en vez de las vivencias grandiosas que hemos vivido?

Estando yo en Jerusalén y mis padres en Tel Aviv, muchos fines de semana o durante el verano cuando no trabajaba con mis alumnos, tomaba el ómnibus e iba a visitar a mis padres. Al regresar a Jerusalén en el ómnibus, después de haber pasado una curva en la montaña, de repente y como de la nada, aparecía Jerusalén. Esto sucedía especialmente en los años setenta y durante los ochenta, antes de que otros edificios cerca de la ruta fueran edificados. En el momento en que Jerusalén aparecía repentinamente, hermosa y dorada, yo me emocionaba y empezaba a cantarme a mí misma una estrofa de la canción de Salvatore Adamo, *Inch-Allah*, que decía:

Mas cuando vi Jerusalén cual amapola en la aridez
Yo pude oír un réquiem
Cuando al hablarle me asomé

Esa estrofa con su hermosa música me la cantaba en cada viaje, cuando Jerusalén aparecía mágicamente en mi ventanilla del ómnibus. Nunca supe en realidad si Adamo compuso esa canción para los cristianos, ya que una frase decía: *Detente María Magdalena porque tu cuerpo no vale el agua*, o para los musulmanes, ya que *Inch-Allah* es el título de la canción y parte de la estrofa principal; me daba lo mismo, me emocionaba igualmente. Para mí ese era un canto a Jerusalén que yace como una amapola en languidez, y quizás el cantante la cantaba por la paz en Jerusalén entre todas las religiones.

Hace uno o dos años, vi la letra entera de esa canción y me di cuenta de que al final de ésta Adamo tiene una estrofa que nunca supe que existía, la cual dice:

*Réquiem por seis millones de almas que no tienen mausoleo de
mármol
Y que a pesar de la guerra infame han hecho crecer seis millones
de árboles…
Inch-Allah, Inch-Allah…Dios lo quiera*

Me emocionó mucho descubrir que Adamo escribió esa
estrofa sobre el Holocausto y los seis millones de judíos que
fueron aniquilados, pero esta canción, desde hace muchos
años y para siempre, será para mí la canción de la paz entre
musulmanes, judíos y cristianos.

En los años que viví en Israel, tuve unos pocos romances
con jóvenes de mi edad, pero no los recuerdo tan vivamente
y con lujo de detalles como un encuentro que quedó graba-
do en mi memoria, quizás porque fue un poco traumático
para mí. Un verano, cuando estaba empezando a estudiar el
título de Máster en Educación Especial, una buena amiga
mía de Argentina, Sarita, quien alquilaba un departamento
hermoso en Jerusalén con dos chicas francesas, me invitó a
una fiesta que ellas organizaban en su lugar un viernes a la
noche. En la fiesta había jóvenes franceses, rusos, argentinos
e israelíes, pero ahí se hablaba hebreo que era el idioma común de todos. Era una fiesta alegre, con música, buena comida y bebidas. Los rusos bebían bebidas alcohólicas como
locos y se emborrachaban, pero los otros grupos bebían más
moderadamente. En la fiesta conocí a un muchacho de Pa-
rís, Claude, de veinticinco años, muy simpático, atractivo e
interesante. Él había llegado a Israel cuatro días antes e iba
a empezar en una semana a trabajar como ingeniero en una
compañía. El muchacho estaba encantado conmigo; yo le
gustaba mucho pero él también me gustaba mucho a mí.

Justo tres días antes yo había estado en una playa en Tel Aviv y estaba bien bronceada. Recuerdo perfectamente que el día de la fiesta estaba muy linda. Vestía una solera verde oscura con unas flores blancas chiquitas en el borde de la falda. El color de la solera pegaba con mis ojos verdes que resaltaban, porque mi piel estaba bronceada. Bailamos entre los dos varias piezas, en algunas sueltos y en otras juntos, de acuerdo a la música que tocaba en ese momento. En una de las canciones, él empezó a besarme y lamerme en el lóbulo de mi oreja y detrás de mi oreja, y lo hacía tan bien que yo sentí como un mareo o como si estuviera flotando en el aire. Y así seguimos bailando con su boca sobre el lóbulo de mi oreja mientras yo estaba como atontada por el efecto que esto tenía en mí. Al final de la fiesta, intercambiamos nuestros números de teléfono y él me pidió que nos volviésemos a encontrar la semana entrante a lo que yo le respondí con alegría que eso me parecía una buena idea. Luego él se despidió de mí con un beso en cada mejilla y se marchó porque al día siguiente debía viajar con sus amigos franceses a Eilat, la ciudad turística en el sur de Israel.

El martes por la tarde yo iba tranquilamente caminando en la universidad a tomar mi clase, ilusionada que quizás vería pronto a Claude, cuando mi amiga Sarita que tenía puestos unos anteojos oscuros y que estaba con una cara sombría, me vio pasar cerca de ella y me gritó:

—¡Espera un momento! ¿Sabes lo que pasó?

—¿Qué pasó?— Pregunté yo.

Y sin ningún tipo de introducción o sin darme un aviso previo me dijo abruptamente mientras lloraba:

—¡Claude murió! ¡Se mató en un accidente!

Y en ese momento yo sentí como si me moría. ¡No lo podía creer!

Cuando Sarita se calmó un poco me contó que Claude manejaba el auto en el que viajaba a Eilat; que él había sacado recientemente su carnet de conducir en Francia y que no tenía mucha experiencia manejando. En la curva de una montaña camino a Eilat, perdió el control del auto y éste cayó a un precipicio. De los cuatro jóvenes franceses que viajaban en el auto, el único que murió fue Claude. Y yo pensé: "¡Pobre Claude! ¡Qué mala suerte que tuvo! Estaba tan lleno de vida pero no la pudo vivir".

Y me dije a mi misma, con gran tristeza y un dolor en mi corazón:

—¡Qué lástima que no tuvimos la oportunidad de conocernos un poco más! Quizás algo bueno podría haber pasado entre nosotros, pero eso yo nunca lo sabré.

***

Después de trabajar por siete años como maestra en educación especial y de haber recibido el diploma de Máster en esa misma área, tomé un año sabático. El sistema de ahorro de los maestros para el año sabático estaba muy bien organizado, de tal manera que nos descontaban automáticamente cada mes una porción del salario para ponerlo en un ahorro especial. Muchos maestros tomaban el año sabático después del sexto o séptimo año y lo aprovechaban para viajar o para estudiar en la universidad. El ahorro del sabático pagaba al maestro un porcentaje significante de su salario anual y cubría la matrícula de un año de estudios en una universidad típica de Israel, o el equivalente de ese monto si uno estudiaba en el exterior durante ese tiempo.

Antes de tomar el sabático investigué a fondo lo que podría hacer durante ese año. Tenía que ser algo que me gustara. Empecé a recolectar información sobre universidades y programas en Israel y en el exterior. Después de investigar lo que podría hacer, decidí anotarme en otro programa del Máster en la Universidad de Jerusalén, el cual era más selectivo y tenía más prestigio que el programa en Educación Especial que yo había tomado; era el programa de Consejero Escolar. A la misma vez, empecé a leer sobre varios programas de doctorado en los Estados Unidos y empecé a anotarme en cinco programas de doctorados en Educación Especial. Me decía a mí misma: si me aceptan en el programa del Máster de Consejero Escolar en la Universidad de Jerusalén, me quedo durante el año sabático en Israel. La segunda posibilidad que yo consideraba era que me aceptaran en uno de los programas del Doctorado. En tal caso, viajaría por un año a los Estados Unidos y más adelante decidiría si quedarme ahí a terminar el doctorado o no. Pero yo prefería que me aceptasen en el programa del Máster en Israel, que era bueno y no necesitaba un cambio mayor en mi vida, en lugar de viajar a estudiar a otro país en un idioma que casi no lo conocía, el inglés.

Después de un tiempo, me invitaron a una entrevista del programa de Máster de Consejero Escolar en la Universidad de Jerusalén. Estaba contenta de que me invitaran, pero tenía un problema con las entrevistas, era tímida y no tenía seguridad en mí misma. Durante la entrevista, hablé poco y al final de ésta el profesor que me entrevistaba me preguntó qué haría yo o cómo me sentiría si ellos no me aceptasen. Y yo le contesté que me sentiría muy triste.

¡Qué estúpida que fue mi respuesta! Si le hubiera dicho solamente la verdad:

—Si ustedes no me aceptan a este programa, viajo a los Estados Unidos a hacer un doctorado— me habrían aceptado en ese mismo momento.

Unos días después de la entrevista, recibí una carta del programa que me entrevistó, avisándome que yo estaba en la lista de espera para ser aceptada en el programa del Máster de Consejero Escolar. Según mi interpretación, eso significaba que si había lugar al final de todas las entrevistas, me aceptarían, pero si no había lugar, no me recibirían. Pero aunque yo era tímida, tenía mi orgullo. De ser por mí, me hubieran rechazado directamente, porque para mí no había ninguna diferencia entre estar en la lista de espera y haber sido rechazada. Yo ya me sentía rechazada por ese programa, de todas maneras. Por lo tanto, continué con todos los procesos necesarios para terminar anotándome en los programas de doctorado en los Estados Unidos. Dos de las cinco universidades donde me anoté me aceptaron, y una de ellas, que era excelente en Educación Especial, me ofreció un apoyo económico, incluida una beca para estudiar, por lo que acepté esa oferta sin titubear.

Dos semanas antes de partir a los Estados Unidos, recibí una carta de aceptación del programa del Máster para Consejero Escolar de la Universidad Hebrea de Jerusalén. Pero ya era tarde para mí. Yo ya tenía todo preparado, incluido el pasaje, mi nuevo pasaporte y la visa para estudiar en los Estados Unidos.

Y hay veces que me pregunto sin saber la respuesta: ¿Cómo ocurren las cosas en la vida? ¿Por qué no me aceptaron al programa del Máster para Consejero Escolar sin dar tantas vueltas? ¿Mi suerte era viajar a estudiar a otro país? Si desde un principio me hubieran aceptado en el programa para Consejero Escolar, creo que nunca hubiera viajado a los Estados Unidos. Yo prefería quedarme en Israel a estudiar en un programa que me ofrecía un título menor (Máster) en vez de viajar a estudiar en un programa de doctorado en los Estados Unidos, donde al final fui aceptada y becada por una universidad prestigiosa.

Cuando dejé Israel lloré porque yo quería mucho a ese país. Irme por un año, como lo tenía planeado, me resultaba doloroso. No creo que en ese momento pensé mucho en mis padres porque ellos eran jóvenes todavía y mis dos hermanos estaban viviendo en Israel, pero pensé en la tierra que yo quería y a la cual abandonaba, aunque el abandono en mi mente era temporal.

En ese entonces pensaba que yo no era tan ambiciosa profesionalmente, pero una vez que empecé a hacer el doctorado descubrí que quizás si tenía ambiciones profesionales. El año de estudios en los Estados Unidos se convirtió rápidamente en cinco, hasta que terminé el doctorado, y se extendió todavía por muchos más porque en definitiva hice mi vida en los Estados Unidos.

IV
Recuerdos de los Estados Unidos

A los veintiocho años de edad viajé a los Estados Unidos a hacer el Doctorado (PhD) en Educación Especial. A diferencia de diez años antes, cuando viajé a Israel con un grupo organizado, esta vez iba sola y tenía miedo. A los dieciocho años no tenía miedo de nada, pero una década más tarde me volví temerosa sobre cosas que yo me imaginaba me podrían pasar, como perderme en el aeropuerto, no poder encontrar el avión, o no saber cómo llegar a los dormitorios estudiantiles o a la universidad. Pero a pesar de mi miedo y de mi inglés un poco rústico, llegué a mi destino final, los dormitorios estudiantiles en la ciudad de Minneapolis, Minnesota, sin mayores problemas.

Mi preocupación no era solo de cómo llegar a mi destino, sino que temía no poder arreglármelas bien en los Estados Unidos. Me consolaba un poco saber que yo viajaba por un año para probar y, si no me iba bien, volvería al final de ese año al trabajo de maestra que me esperaba en Israel.

Cuando llegué, me instalé en los dormitorios para estudiantes del doctorado, donde tenía un departamentito pequeño para mi sola. Ahí viví durante un año hasta que me mudé a un verdadero departamento cercano a la universidad. En los dormitorios me hice amiga de varios estudiantes sudamericanos y centroamericanos que hacían diferentes doctorados y formamos un grupo social que nos ayudó a aclimatarnos al nuevo país.

Con el tiempo, desarrollé amistades más profundas con mis compañeras de estudios, de las cuales dos de ellas son aún hoy en día íntimas amigas mías: Mitra, de Irán y Su, de Turquía. Nosotras éramos un trío famoso y único en la cafetería que conectaba el edificio de la Escuela de Educación con el del Departamento de Desarrollo Infantil. Nos sentábamos siempre en la misma zona de la cafetería por horas y horas para hablar. Éramos únicas en el sentido de que dos mujeres eran musulmanas, mientras la tercera, es decir yo, judía Argentina. Ninguna de nosotras éramos religiosas, especialmente yo, que en mi adultez dejé de creer en dios. Una vez que tocamos el tema de la religión y de dios, Mitra nos dijo:

—Aunque yo no practico mi religión, creo en dios. Siempre le pido a dios que ayude a mi familia y siempre le agradezco por su ayuda. Yo no pido por mí misma, sino por mi hijo, mi familia y mis amigos.

Y yo traté de explicarles lo que pensaba sobre dios:

—A mí me parece que dios no existe. Dios no creó al hombre, sino que el hombre creó a dios. —Y añadí— Pero, a decir verdad, me doy cuenta de que creer en dios ayuda emocionalmente a los que creen. Yo pienso que creer es confortante. A la gente le ayuda mucho tener la certeza de que hay una entidad… o algo, no sé qué será ese algo… que los puede ayudar cuando tienen problemas, darles esperanzas cuando todo parece perdido y consolarlos en momentos de dolor.

—Sí. Tienes razón en eso de que ayuda mucho— dijo Mitra.

Y después les confesé:

—Me hubiera gustado ser creyente como lo fui en mi niñez, porque me parece que mi vida hubiera sido más fácil de esa manera.

En los estudios me fue muy bien, y por eso, después del primer año, decidí quedarme a terminar el doctorado. Además de ser estudiante, yo era una asistente de investigación y trabajaba pocas horas a la semana con un grupo de científicos en educación especial, por lo que recibía un estipendio. Cuando finalicé el primer año de estudios, me ofrecieron un aumento significativo en el dinero que recibía. La nueva suma me cubría los estudios, el seguro de salud, y me permitía vivir cómodamente en los Estados Unidos, además de cubrirme mis viajes a Israel. Yo viajaba una o dos veces al año a Israel a visitar a mis padres, y cuando lo hacía en el verano me quedaba con ellos un par de meses para luego regresar a los Estados Unidos. Si algún año no podía viajar a visitarlos dos veces como solía hacerlo, mi mamá me decía:

—No te preocupes por nosotros. Nosotros estamos bien. Vos haces lo que tengas que hacer.

Así era mi mamá, muy generosa y para nada egoísta.

Como estudiante, con el inglés me arreglé bastante bien porque descubrí que podía entender casi todo lo que leía con la ayuda de un diccionario, si el material que leía consistía en libros o artículos científicos de mi profesión. En todas las clases me sentaba en la primera fila y tomaba notas detalladas, palabra por palabra de lo que el profesor decía, de modo que cuando luego leía mis notas, me resultaba fácil entenderlo todo. Aunque comprendía bastante bien el inglés científico por su derivación del latín y por lo tanto por su proximidad al español, no entendía bien, en cambio, el inglés diario que se hablaba en la calle o en la televisión.

El primer año tomé pocos cursos por mi limitación con el idioma, pero desde el segundo año comencé a tomar más cursos como todos los otros alumnos. Cuando cursaba el segundo año, tomé las clases de estadística que muchos alumnos temían. Antes del primer examen que tuvimos en esa materia, el profesor anunció que el examen sería con los libros y cuadernos abiertos, pero como yo entendía solamente el inglés profesional, ni escuché ni entendí lo que él dijo. El día del examen, me acerqué al profesor antes de que el examen comenzara para preguntarle si podía usar un diccionario. Por supuesto que pude, porque era con libros abiertos, pero yo todavía no estaba enterada de eso.

Durante el examen escribí todas las respuestas rápidamente porque había estudiado bien y había memorizado las fórmulas. Cuando terminé, levanté mi cabeza por primera vez, y vi que a mi alrededor todos los alumnos, en una clase de setenta estudiantes, estaban sudando, buscando desesperadamente las respuestas en sus notas y libros. ¡Fue entonces cuando me di cuenta de que se podía consultar a los libros y las notas tomadas en clase! Pero yo ya había terminado el examen y ni siquiera había usado el diccionario. En ese examen recibí una de las notas más altas de la clase.

Durante los dos primeros años de mis estudios, en todos los exámenes escribía en el primer renglón de la primera hoja la frase siguiente: *El inglés no es mi lengua materna.* Hacía esto para que los profesores tuvieran en consideración mi falta de dominio del idioma y para que esto no afectara mi nota. Cuando estaba terminando el segundo año de mis estudios, un profesor escribió sobre la hoja de mi examen, después de corregirlo: *Tu inglés es mejor que el de la mayoría de los americanos.*

¡Eso me dio tanta risa! Pero desde entonces, dejé de escribir esa frase en mis exámenes y tomé consciencia de que yo escribía bien en el inglés científico y profesional.

Aunque no tuve problemas con el idioma escrito, al principio me fue difícil interpretar un mensaje verbal de algunos americanos. Al año de estar en el país, descubrí un tipo de mensaje o conducta que me confundió un poco. Una mujer americana de mi edad, que estudiaba y trabajaba en mi departamento en la universidad, era muy simpática conmigo, y una vez me dijo:

—Tenemos que salir a almorzar juntas uno de estos días.

Y yo la esperé por unos días, pensando que íbamos a salir a almorzar, pero esto no sucedió. Lo dejé pasar porque pensaba que quizás ella se había olvidado. Después de un par de semanas, me preguntó:

—¿Por qué no vamos juntas a almorzar uno de estos días?

Le contesté que esto me parecía una buena idea, y otra vez esperé en vano que saliéramos juntas. Volvió a repetir la invitación un par de veces más, hasta que me cansé y no la esperé más. Nunca salí con ella a almorzar. Entendí que esa invitación era solo una manera de ser amable conmigo, pero que ella no planeaba un verdadero encuentro. En los países donde viví previamente, si alguien decía que quería encontrarse a almorzar, había en esa invitación un intento real y eso era lo que yo conocía. Con el tiempo, me di cuenta de que algunos americanos, cuando realmente quieren encontrarse con alguien, ya sea por cuestión de trabajo o socialmente, determinan el día y la hora exacta en la que se quieren encontrar.

Cuando cursaba el tercer año del doctorado, conocí a Jack, un hombre judío, cinco años mayor que yo, divorciado y con dos hijos adolescentes. Él era un abogado, especialista en derecho criminal, muy inteligente, atractivo y muy hablador. Cuando salíamos a comer afuera, Jack hablaba todo el tiempo y comía de una manera rara, como si nunca hubiera adquirido modales para comer, o, quizás, como si tuviera un pequeño problema motriz. Yo le tenía cariño y él me gustaba. Él siempre estaba de buen humor y contento, pero se ponía aún más contento cuando nos reuníamos los dos. A los tres meses de salir juntos, Jack se apareció apoyándose sobre un bastón, y yo le pregunté:

—¿Estás bien? ¿Te pasó algo?

Y ahí me contó que tenía una enfermedad crónica. Hacía unos meses que lo habían diagnosticado con esclerosis múltiple y en su momento no se atrevió a decirme lo que él ya sabía. Pero a mí no me molestaba su condición y seguimos saliendo juntos. Después de un tiempo su salud empeoró. Jack tuvo que cerrar su oficina de abogado porque trataba con criminales y se ponía nervioso, lo que afectaba su salud. Nosotros seguimos saliendo, pero cada vez más esporádicamente; nos veíamos una vez cada tres o cuatro semanas. Con el tiempo, ya no estábamos en una relación amorosa, sino que la relación pasó a ser de buenos amigos y quedamos como tal hasta que me mudé a Miami. Cuando dejé Minneapolis, fuimos a cenar como despedida y los dos lloramos porque sabíamos que no nos veríamos más. Ya estando yo en Miami, hablamos varias veces por teléfono, pero después de un tiempo dejamos de comunicarnos.

Cuando terminé mi doctorado y recibí el PhD en Educación Especial, me ofrecieron un trabajo de investigadora en un centro para niños con enfermedades crónicas, localizado en el hospital de la universidad donde había estudiado. Yo acepté el trabajo, el cual me parecía muy interesante. En ese centro, donde trabajé cuatro años y medio, dirigí una investigación nacional sobre la adaptación y funcionamiento de niños con enfermedades crónicas y sobre el funcionamiento de sus familias. Ahí noté una conducta relacionada con el trabajo, la cual me causaba un poco de risa. Algunos investigadores y ayudantes decían a menudo:

—¡Estoy tan ocupado! ¡Estoy tan ocupado!

Esto me parecía cómico y me decía a mí misma: ¿Por qué dicen eso todo el tiempo? ¿Estarán realmente tan ocupados?

Unos años más tarde, cuando ya era profesora de la universidad, entre las clases, investigaciones, y asesoramiento a mis alumnos, yo misma empecé a decir:

—¡Estoy tan ocupada! ¡Estoy tan ocupada!

Con el tiempo, me convertí en una de las personas que al principio me hacían reír. Yo pasé a ser una de ellas.

Cuando tenía treinta y seis años y estaba trabajando como investigadora en el centro para niños con enfermedades crónicas, Mitra, mi amiga iraní, me presentó a un hombre iraní-israelí, Daniel, cuatro años mayor que yo, divorciado y con una hija adolescente. Daniel era un hombre muy generoso. Parecía estar muy interesado en mí y hasta me atrevo a decir que nunca conocí a un hombre que haya demostrado tanto interés en mí. Daniel tenía una fábrica de textiles muy importante y estaba muy bien económicamente. Una vez me dijo que no quería tener más hijos porque ya tenía una hija, lo que a mí no me molestó. Él me prometía que si nos casábamos me daría libertad completa para hacer todas las reformas que yo quisiera en su casa, la cual era hermosa y lujosa, o hacer con ella lo que fuera necesario, de acuerdo a mi gusto. Me hacía otras promesas materiales, como viajar por todo el mundo, que a mí en realidad no me interesaba tanto porque yo estaba interesada en mi carrera profesional, por lo tanto, el dinero o las cosas materiales no significaban mucho para mí. Su interés en mí no era solo debido a que teníamos una cultura y un lenguaje en común, el hebreo, sino que él me veía a mí como una mujer hermosa. Muchas veces, cuando salíamos, me miraba como si estuviera hipnotizado. Por mi parte, a mí me encantaba hablar con él por teléfono y me gustaban nuestras largas conversaciones, pero cada vez que lo veía me desilusionaba un poco; era como si yo hubiera tenido una imagen idealizada de él que se esfumaba cuando nos encontrábamos. Nunca nos dimos ni siquiera un beso en la boca porque yo no mostraba un interés romántico; solo nos besamos en las mejillas, y nos abrazamos con "abrazos de oso", como los americanos suelen hacerlo cuando se encuentran con sus buenos amigos.

Daniel se quería casar a toda costa. Estaba un poco desesperado. No pudo esperarme y no trató de ver si con un poco más de tiempo se podría desarrollar una relación amorosa entre nosotros dos. Después de un tiempo me dijo que empezó a salir con otra mujer, y que, aunque a él no le gustaba mucho, probaría de todas maneras. Yo le dije que estaba de acuerdo con eso. Unas semanas después lo llamé por teléfono y me dijo que decidió casarse con esa mujer, lo que me sorprendió mucho, ya que su decisión fue tan rápida. En ese momento me arrepentí de no haber hecho un esfuerzo mayor para tratar de que nuestra relación funcionase.

Unos meses más tarde nos vimos desde lejos en un concierto. Él estaba con su nueva esposa. Cuando me vio, noté que le gritó a su mujer como si estuviera enojado con ella o consigo mismo. En ese momento entendí que Daniel todavía estaba interesado en mí, y sentí lástima por él y por mí misma. Durante el concierto, miró en mi dirección varias veces, pero yo traté de no mirar en la suya. Y pensé: "¡Cómo se apuró Daniel! Nunca vi algo parecido. Si él hubiera esperado un poco, quizás yo hubiera cambiado de parecer".

Al verlo en ese concierto me di cuenta de que yo no me iba a casar nunca, ya que él era la última oportunidad de mi vida y la dejé pasar. En ese entonces me convencí de que me quedaría soltera para siempre y no podía evitar recordar una oración al final del libro de Gabriel García Márquez, Cien Años de Soledad, que dice *"Las estirpes condenadas a cien años de soledad no tenían una segunda oportunidad sobre la tierra"*. Siempre me gustó esa oración, desde que leí ese libro por primera vez en mi adolescencia y cuando volví a leerlo como adulta. Me parecía que esa oración fue escrita para mí.

***

Cuando estaba terminando mi cuarto año de trabajo en el centro para niños con enfermedades crónicas, aunque mi jefe y mis colegas hubieran querido que yo continuara trabajando con ellos, decidí empezar a buscar un nuevo trabajo. Hacía ya un tiempo que quería ser profesora universitaria. Por lo tanto, me anoté en varias universidades que buscaban profesores en Educación Especial. Después de viajar a varias entrevistas en estados diferentes, acepté la oferta de una posición de profesora en una universidad en Miami. Llegué a esta ciudad exactamente diez años después de arribar por primera vez a los Estados Unidos a hacer mi PhD. Sorpresivamente y sin planearlo, las dos veces arribé a mis destinaciones, Minneapolis y Miami, en la misma fecha, el cuatro de septiembre. ¡Qué coincidencia!

Por más de veinte años el trabajo de profesora me dio mucha satisfacción. En el tercer año de mi trabajo en la universidad tuve el placer de desarrollar el programa del doctorado (PhD) en Educación Especial. Algunos egresados de ese programa triunfaron mucho en el ámbito de Educación Especial y una de las mejores egresadas llegó a ser nuestra colega o profesora en nuestro departamento.

Como es de esperar, todas las clases que yo enseñaba eran impartidas en inglés. Sin embargo, cuando debía escribir números o hacer cálculos aritméticos mientras enseñaba, lo hacía en mi lengua materna, el castellano. No puedo calcular, y hasta me resulta difícil acordarme de un número de teléfono, en otro idioma que no sea el castellano. Esto me hace recordar cuando era estudiante y tomaba la clase de estadística en la Universidad Hebrea de Jerusalén. Teníamos entonces un profesor excelente de origen alemán que había vivido en Israel por más de cuarenta años. Él tenía un hebreo perfecto, pero cada vez que daba la espalda a la clase para escribir sobe la pizarra números o cálculos aritméticos, decía todos los números en alemán. Esa es la influencia de la lengua materna en nuestra cognición, que se manifiesta en la dificultad en usar otro idioma en aritmética, que no sea el mismo que hemos utilizado en la niñez para aprender los números y las cuentas.

Como a mí siempre me gustó encontrar patrones o coincidencias en los eventos de la vida, con el tiempo me di cuenta de que todas las profesoras mujeres, ocho en total, que habían enseñado en nuestro departamento a través de los años, no tenían hijos. No había excepciones. La mayoría eran casadas, pero ninguna tuvo hijos, por una u otra razón. ¿Fue el trabajo en esta profesión la causa, directa o indirecta, de no haber tenido hijos? O, al contrario, ¿quizás la falta de hijos fue el factor principal que afectó la elección de esta carrera, para ayudar a los niños con discapacidades de otras madres? Esa era una coincidencia a la cual no le pude encontrar una explicación, ya que en otras universidades en los departamentos de educación especial ese fenómeno no existía. Hasta ahora no entiendo cómo esas casualidades ocurren. Es como si nos hubiéramos buscado la una a la otra, aunque algunas de esas profesoras nunca se encontraron entre ellas porque pertenecieron al departamento en épocas diferentes.

Meses después de arribar a Miami, conocí a Rami, un hombre Israelí, muy atractivo y carismático. Él era un comerciante, cinco años mayor que yo, quien nunca se había casado y no tenía hijos. Yo me consideraba más culta que Rami, pero él me atraía de todas maneras. Salimos juntos más de dos años, pero algunas semanas no nos veíamos porque él viajaba debido a su trabajo. En cierta ocasión que viajé a Israel, fui a visitar a su madre que me quería mucho y que le hubiera gustado que yo fuera su nuera. Ella me contó que en el pasado Rami había desaparecido por cinco años y ella pensó que él había muerto. Después de esos cinco años, un día él la llamó por teléfono y cuando ella contestó la llamada y oyó su voz, se desmayó, porque lo creía muerto. Desde ese entonces se reanudó la conexión entre madre e hijo pero nunca más hablaron entre ellos de la desaparición de Rami.

Cuando Rami viajaba por más de una semana, le preguntaba adónde iba y él no me quería decir. Creo que no me quería mentir. Yo sabía que él no iba con otras mujeres porque lo conocía bien, así que no me preocupaba por eso. Pero varias veces le dije:

—O vos estás en la mafia o eres un espía.

Y él se reía cuando yo decía eso.

Pero una vez me contestó:

—¿Te crees que alguien en la mafia se vestiría como yo o tendría un Toyota Corola como el mío?

Y a decir verdad, él no se vestía con los mejores trajes, camisas o zapatos, y no tenía un par de relojes Rolex como alguien que podría estar en la mafia. Pero yo siempre sospeché que él estaba en algo secreto y que era algo así como un espía.

Aunque Rami me gustaba mucho por su carisma y simpatía, a esta altura de mi vida yo me quería casar y no deseaba seguir con él por mucho tiempo más si no tenía interés en casarse. Nosotros hablamos de ese tema varias veces, pero él no mostraba demasiado interés en hablar de esto. Así que una vez le dije que teníamos que dejar de vernos porque teníamos intereses distintos. Aunque cortamos nuestra relación y no lo vi por bastante tiempo, él me llamó por teléfono durante muchos años para conversar, y aunque yo le contestaba las llamadas, trataba de que nuestras conversaciones no fueran muy largas. Creo que después de mí, Rami nunca tuvo una novia o compañera cercana con quien hablar.

Siempre tuve una conexión muy fuerte con mi madre, la cual se hizo aún más fuerte con el pasar de los años y llegó a su cúspide en mis años cuarenta. Una persona freudiana diría que nunca corté el cordón umbilical con mi mamá. Si alguna vez no me sentía bien o estaba de mal humor, la llamaba por teléfono, sin decirle que me sentía mal en ese momento porque siempre la quise proteger, aun siendo una niña. Escuchaba su voz al hablarme, llena de optimismo y alegría, e inmediatamente me sentía bien. Para mí, escuchar su voz era como si yo hubiera tomado una píldora mágica. A pesar de tener esa unión tan fuerte con ella, o quizás por eso mismo, viajé lejos y me independicé físicamente de mi madre, pero nunca emocionalmente. La distancia geográfica parece que no es una buena indicación de la distancia emocional entre dos personas.

La conexión entre mi madre y yo era mutua; yo estaba muy ligada a ella y ella estaba muy ligada a mí. Una mañana me desperté de repente, casi salté de la cama, con un miedo terrible y un dolor agudo en mi estómago. No sabía lo que me estaba pasando ni por qué tenía esa mala sensación. Después de unos cinco minutos mi mamá me llamó por teléfono y me preguntó:

—¿Estás bien? ¿Te pasó algo?

Y en ese momento me enojé con ella y pensé: "Justo me llama cuando estoy pasando este momento de miedo. ¡Que inoportuna!".

Y le dije de mala manera:

—¿Para qué me llamas?

—Quería saber cómo estabas. —Me contestó.

—Estoy bien —le dije secamente— Te llamo mañana.

En ese entonces no me podía imaginar que ella había sentido lo que yo sentí, desde tan lejos, separadas por el Océano Atlántico y el Mar Mediterráneo.

Al mediodía ya había olvidado lo que me pasó esa mañana. Esa tarde tenía que llevar a una pareja amiga mía al aeropuerto de Miami. Los pasé a buscar y el marido de mi amiga se ofreció a manejar el coche, a lo que yo accedí. Cuando estábamos en mitad de la autopista en el camino al aeropuerto, un camión enorme nos chocó de atrás y abolló la parte trasera de mi auto. Felizmente, nosotros recibimos unos golpes menores, nada grave, y no tuvimos que ir al hospital. Ese fue el peor accidente de auto que tuve, aunque yo no manejaba mi propio auto. Pero en ese momento me di cuenta por qué me había despertado esa mañana con una mala sensación y con miedo. La reacción la tuve antes de ocurrir el evento y no después. Tuve un presentimiento, pero no sabía de qué. Y no puedo decir que las emociones de por la mañana fueron la causa indirecta del accidente, ya que yo no era la que manejaba el auto. ¿Pero cómo puede ser que mi madre sintiera lo mismo que yo y al mismo tiempo?

En esa época estaba tomando unas clases de Cábala (*Disciplina en el Judaísmo místico*) y al otro día del accidente tenía una reunión con el rabino que dirigía el centro de Cábala en Miami. Cuando le conté lo que sentí el día anterior antes de tener el accidente, aunque no le mencioné la llamada telefónica de mi madre, me dijo que yo tuve un presentimiento de que algo malo me iba a pasar ese día, pero lo que pasó no fue trágico porque llevaba en el auto uno de los libros del Zohar (*Libros de la corriente cabalista*), el cual nos protegió de algo terrible en ese accidente. Aunque yo seguía sin creer en dios, sí creí lo que él me dijo, es decir que estuvimos protegidos por uno de los libros del Zohar, específicamente llamado Pinjas, cuyo poder es proteger la salud de la gente. Pocos años más tarde, cuando ya estaba casada, una sobrinita mía tuvo una enfermedad y mi esposo y yo decidimos mandar por correo ese mismo libro de regalo a sus padres y a la niña, porque consideramos que ella necesitaba más protección que nosotros, independientemente de si uno creía o no creía en esas cosas. Pero yo estoy convencida de que ese libro ayudó a mi sobrinita.

A los cuarenta y dos años conocí a Alan, con el que me casé un año después. Mi casamiento con Alan me demostró que estaba equivocada en mi predicción de que nunca me iba a casar por haber dejado pasar la última oportunidad de mi vida, que supuestamente era Daniel.

Alan es tres años mayor que yo, rumano, de padre judío y madre cristiana, divorciado, con un hijo y dos nietos pequeños. Cuando lo conocí llevaba viviendo en los Estados Unidos unos veinte años. Él es médico internista y enseña cursos en la escuela de medicina en una de las universidades de la Florida. Alan es muy inteligente y culto, atractivo y muy hablador, como mi amigo Jack. Cuando lo conocí, como me ha ocurrido muchas veces con otros hombres, no sentí mucha atracción. Después de habernos encontrado varias veces para salir, decidimos hacer un viaje en auto a la costa oeste del Estado de la Florida. Como parte de ese viaje fuimos a Sanibel Island, una isla encantadora con playas de arena blanca y aguas de color azul turquesa. Mientras Alan fue a la playa y entró al agua, yo me senté a esperarlo en un banco debajo de la sombra de un árbol, leyendo el diario. Pasado un poco más de media hora, y sin saber que él venía, de repente levanté los ojos del diario y vi que Alan volvía de la playa. En ese momento fue como si hubiera tenido un clic en mi mente y mi percepción cambió de una manera radical. Algo aconteció en mi corazón que no pude controlar y, sorpresivamente, Alan me gustó. Hasta hoy en día pienso que alguien me hechizó, pero esto no se lo digo a nadie para que no piensen que estoy loca. Aun así todavía no me puedo explicar cómo un cambio repentino de ese tipo pudo ocurrir. ¿Cómo puede ser que media hora antes yo creía que él no me atraía y en el momento que lo vi viniendo hacia mí esa percepción cambió totalmente?

Desde ese viaje a Sanibel Island empezamos a viajar mucho en auto cada vez que teníamos una oportunidad, especialmente los fines de semana o durante algún feriado largo. La decisión de viajar, así como el lugar de destino, la hacíamos a último momento, ya sea la misma mañana que decidíamos salir a viajar o la noche anterior. Y así íbamos a explorar nuevos lugares, donde nos quedábamos por tres noches o un poco más para luego volver a Miami. De esta manera recorrimos en auto casi todo el Estado de la Florida y gran parte del Estado de Georgia. Como improvisábamos tanto y los dos vivíamos en un barrio llamado Aventura, nos empezamos a llamar a nosotros mismos *Los Aventureros de Aventura.* Con el tiempo, especialmente después de que nos casamos, nos hicimos más convencionales y empezamos a viajar como viajaban otras personas de nuestra edad, ya sea tomando cruceros que iban a Centroamérica o a Europa, o viajando solos a Ecuador y Los Galápagos, Costa Rica, y algunos países europeos. Pero para nosotros el tiempo de *Los Aventureros de Aventura* fue el mejor y es el que más añoramos.

V
Las Tristes Despedidas

Pocos años antes de conocer a Alan, empecé a preocuparme por el futuro de mis padres, que estaban envejeciendo. Con la autorización de ellos, comencé a hacer varios trámites para que ellos reciban, primero el *green card* y luego la ciudadanía Americana, y para que puedan venir a vivir conmigo en Miami. Lamentablemente, antes de recibir el *green card,* ellos decidieron que no querían proseguir con ese plan, ya que en esa época se sentían muy bien y no deseaban dejar a Israel. Con el tiempo, me arrepentí de haberles hecho caso y de haber anulado los trámites que ya se habían completado. Durante la vejez de mis padres, sufrí las consecuencias de haber sido una persona nómade y de haber cambiado de países, y no precisamente porque yo deseaba regresar a Israel, sino porque mi mayor deseo era vivir en el mismo país que mis padres, y más aún, en la misma ciudad o pueblo, para poder cuidarlos en su vejez.

En mi opinión, mis padres tuvieron una vida muy buena antes de llegar a los ochenta años, sin ignorar, por supuesto, los dolores y sufrimientos que forman parte natural de la vida y que no se pueden evitar. Siempre los admiré porque tenían una vida social muy rica y buenos amigos que los querían mucho. Eran muy activos en diversos grupos de padres de alumnos en Argentina, y de latinoamericanos en Israel. Mamá pertenecía a varios comités y por muchos años fue la tesorera del grupo de latinoamericanos en la zona donde ellos vivían. Ellos asistían a todas las actividades sociales que esos grupos organizaban.

Sin embargo, la vejez se reveló de un modo doloroso para mis padres y para nosotros, sus hijos. Cuando envejecieron, ninguno de nosotros vivía en Israel, y ellos se sentían solos y un poco perdidos. En esa época, se tomaron algunas decisiones económicas y con respecto a la salud de ellos, que resultaron ser erróneas y que les causaron problemas. Varios meses antes de fallecer mi madre, mi hermano mayor y su familia volvieron a Israel, y desde entonces él empezó a tomar casi todas las decisiones con respecto a mis padres, lo que nos dio un poco de alivio a mí y a mi hermano menor.

Cuando mi madre tenía setenta y nueve años y mi padre ochenta y cuatro, comenzaron los problemas serios, sobre todo con la venta del departamento viejo, cuyo edificio tenía escaleras, lo que era una dificultad física para dos personas de edad avanzada. Después de esa venta, compraron un departamento nuevo en un edificio con ascensor. Ese cambio fue un gran shock para ellos. Para mi padre, la venta del departamento donde ellos vivieron toda su vida en Israel fue una tragedia. Aunque mi madre deseaba mucho mudarse, tuvo que sufrir la depresión temporaria de mi papá y sus propios sentimientos de culpa por haberlo convencido de realizar el cambio. En esa época, mi mamá empezó a declinar en su función cognitiva, aunque al principio el deterioro fue lento y no muy evidente.

En ese entonces, yo viajaba dos veces al año a Israel, muchas veces sin Alan, y me quedaba bastante tiempo para ayudarlos con la mudanza, a acomodar todas las cosas en el nuevo departamento, y para hacerles compañía. Los veía a los dos en tan mal estado emocional, que cada vez que iba a visitarlos me agarraban arcadas y ataques de vómito varias veces al día. Fue entonces cuando mi papel de hija empezó a desvanecerse y comencé a sentirme como la madre de mis padres, especialmente la madre de mi mamá, con la cual yo tenía una conexión bastante simbiótica. Cada vez que me despedía de ellos para volver a los Estados Unidos, se me partía el corazón, como si abandonara a mis dos hijos desamparados a la intemperie.

Dos años después de estar establecidos en la casa nueva, hicimos lo imposible para convencerlos de que fueran a vivir a una residencia de ancianos. Aunque al principio se negaron rotundamente, finalmente accedieron al darse cuenta de que a esa edad era muy difícil estar completamente solos. Y es así como mis padres se mudaron a una hermosa y muy cara residencia de ancianos, donde tenían un lindo departamentito. Durante dos años y medio ellos tuvieron una vida social muy buena en la residencia y se hicieron de muchos amigos. Pero la buena vida se detuvo por completo cuando mi mamá tuvo un pequeño problema de salud y, después de una intervención médica, dejó de tener control de los esfínteres. Ahí comenzó lo que yo llamo "el principio del final" de la vida de mis padres. Desde ese momento mi mamá empezó a declinar cognitivamente mucho más rápido, y yo empecé a viajar tres veces al año en vez de dos, como lo hacía antes. Mis ataques de arcadas y vómitos volvieron a atacarme cada vez que viajaba, porque me resultaba muy difícil ver a mi madre tan desmejorada.

Una tarde, en uno de mis viajes a Israel, cuando mi mamá ya tenía demencia pero todavía comprendía varias cosas bastante bien, estábamos sentados en el salón de su departamento en la residencia de ancianos, mi padre, mi madre y yo. Mi papá, que estaba abrumado con los problemas de mi mamá, empezó a decir:

—Hay que tener suerte en esta vida. Mira cómo estamos nosotros.

Y yo les dije a los dos:

—Pero ustedes tuvieron una vida muy buena hasta ahora. Solamente en la vejez avanzada tienen una época bastante jodida, pero antes no.

Y mi papá dijo:

¡Qué vamos a tener una buena vida! No tuvimos tan buena vida.

Esas frases eran típicas de mi padre que era pesimista y le gustaba quejarse. Pero mi mamá dijo en voz alta, sin ninguna entonación porque ya no tenía mucha entonación en su hablar debido a su condición:

—Nosotros tuvimos una vida muy buena.

Y lo que ella dijo en ese momento, fue como una sentencia final. Ninguno de los tres hablamos más, y mi papá y yo comprendimos que mi madre dijo la verdad, la cual salió de su mente nebulosa que aun funcionaba parcialmente.

En ese entonces, yo llamaba a mi mamá por teléfono desde los Estados Unidos todos los días, y si uno o dos días no podía llamarla, le avisaba antes para que ella no me esperara. Por dos años ella aguardaba sentada al lado del teléfono todos los días a las tres y media de la tarde, que con la diferencia horaria eran para mí las ocho y media de la mañana, exactamente cuando yo la llamaba. Después de esos dos años, ella dejó de esperar al lado del teléfono porque perdió el sentido del tiempo y ya no se daba cuenta de muchas cosas, pero la chica que la ayudaba o mi papá, le avisaban cuando yo llamaba y le daban el recibidor. Ella se ponía contenta de escuchar mi voz y de hablar unas pocas palabras conmigo.

Una vez traté de explicarle a una buena amiga mía y de Alan, cómo me dolía ver a mi madre deteriorarse tanto, y ella me preguntó, tratando de consolarme:

—Pero eso de que vas a visitarla tan seguido, estás con ella y la ayudas… ¿No te hace sentir mejor? ¿No te conforta?

Yo le contesté que no, pero no hice ningún esfuerzo en tratar de explicarle lo que pensaba en ese momento. Ella venia de una perspectiva religiosa, la cual yo no tengo, que asume que ayudar al prójimo ayuda a uno mismo a sentirse mejor. No sé si mi amiga hubiera podido entender que a mí no me consolaba la poca ayuda que le podía brindar a mi mamá con mis visitas, ya que el dolor de mi madre era mi propio dolor; si ella sufría, yo también.

La paradoja de todo esto es que mucha gente, incluidos algunos familiares o personas que vivían en el hogar de ancianos, me decían todo el tiempo:

—¡Qué buena hija eres!

Pero yo sabía en el fondo de mi corazón que no era tan buena hija porque no podía o no sabía cómo ayudar ni a mi madre ni a mi padre. Me sentía como una inútil. Lo único que podía hacer era visitarlos y hacerles compañía. De a poquito empecé a cambiar mi frecuencia de viajes a Israel y ya viajaba cuatro veces al año. Cada tres meses viajaba a visitar a mis padres. ¡Qué suerte tuve que Alan nunca se quejó y que mi trabajo era bastante flexible como para que yo pueda hacer esos viajes tan frecuentemente!

Yo, que me veía como la madre de mis padres, me decía a mí misma:

—Menos mal que no tuve hijos. No hubiera sido una buena madre. No los hubiera podido ayudar cuando me hubieran necesitado.

Pero a decir verdad, nunca quise realmente tener hijos. Cuando era chica y, más aún, cuando era adolescente, me imaginaba que me iba a casar algún día, pero no incluía en esas imágenes hijos pequeños. Creo que jamás sentí un deseo grande de ser madre, como la mayoría de las mujeres lo tiene. Pero nunca revelé lo que sentía a la gente que conocí. No desear tener hijos no era algo común entre mis amigas o las chicas que yo conocía. Para ser más concreta, nunca conocí a ninguna mujer, aunque sí a varios hombres, que pensase exactamente como yo, o quizás, si esa mujer existía, no habrá querido decir públicamente lo que pensaba. A pesar de eso, siempre he tenido muy buenas relaciones con niños y ellos han tenido mucha atracción hacia mí. Y sin saber exactamente por qué, he dedicado mi vida a la enseñanza de niños con discapacidades, y a investigar los problemas y condiciones de esos niños.

A veces pienso que no he deseado tener hijos porque yo era una niña sensible e introvertida, tenía una tendencia a analizar, a observar a la gente, y a tomarme las cosas muy seriamente. Casi nunca les contaba a mis padres cuando tenía algún problema, pequeño o grande; todo lo guardaba en un lugar escondido en mi corazón. Creo que tenía miedo de vivir otra vez la niñez a través de mis hijos; una vez en la vida habrá sido suficiente para mí. O quizás, simplemente, mi fuerte relación con mi madre no me habrá permitido desarrollar otra relación tan absorbente con otro ser humano, un hijo.

Aunque mi madre desarrolló demencia, ella siguió siendo una persona bondadosa hasta el final de su vida. Esa característica suya fue siempre una parte importante de su persona, independientemente de su estado neurológico o cognitivo. Cuando visitaba a mis padres en la residencia de ancianos, yo observaba muchas veces a algunos miembros del lugar que empezaban a mostrar signos leves de demencia, como gritos, enojos o agresiones. Pero mi mamá nunca se quejó de nada y nunca le gritó a nadie.

Ella no cambió con respecto a su bondad. Cuando todavía entendía lo que se le decía, yo le preguntaba si la chica que trabajaba con ella, a mi juicio bastante vaga, era buena o mala, y ella me decía:

—La chica es buena.

Esa respuesta era típica de mi mamá. Ella nunca dijo de ninguna persona que era mala.

Cuando nos sentábamos en el salón del hogar de ancianos a tomar café o té con torta, si algún pariente venía a visitar a mis padres, una sonrisa enorme de bienvenida aparecía en el rostro de mi madre cuando ella lo veía aproximarse. Quizás ella no sabía exactamente de quién se trataba, pero su amor o cariño por esa persona había quedado en su corazón y era éste el que respondía y le sonreía al visitador.

Sorpresivamente, descubrí que casi hasta el final de su vida, mi mamá estuvo conectada a mí, quizás solo en su subconsciente, porque ya no se daba cuenta de muchas cosas. Unos siete meses antes de su fallecimiento, yo estaba viajando por mi trabajo y a la noche debía pernoctar en un hotel. Esa noche no pude dormir y en el cuarto del hotel me agarró un ataque fuerte de angustia y de llanto pensando en ella, en lo que estaría sufriendo, y en que la perdería pronto para siempre. Yo lloraba y en silencio repetía muchas veces: ¡Mamá, mamá!, como llamándola.

Dos días después debía viajar por una semana a ver a mis padres. Cuando arribé a la residencia de ancianos en Israel, lo primero que mi papá me dijo fue que mi madre me estuvo llamando por dos noches seguidas. En ese momento comprendí que nos habíamos comunicado desde lejos, como había ocurrido en el pasado, cuando aún ella estaba bien. Pero a mi papá le dije que seguramente ella llamaba a la chica que la ayudaba, porque como nunca se acordaba de su nombre, la llamaba con cualquier nombre que le venía a la mente.

El último mes de la vida de mi madre, la tuvieron que internar en una sala de hospicios y cuidados paliativos en un hospital adyacente a la residencia de ancianos. A mí no me gustaba en absoluto ese lugar, especialmente porque el personal no parecía muy dedicado a la gente que atendía. Espero que no haya sufrido en ese hospital, donde estaba con otros enfermos graves como ella. Mi único consuelo es que el tiempo que pasó allí fue relativamente breve y que mi papá, que estaba en el edificio de al lado en la residencia de ancianos, la iba a ver todos los días. Durante ese mes, fui a Israel por una semana, y solamente un día de los siete que estuve ahí la vi bien y hasta la vi sonriendo un poco. Al cabo de esos días, regresé a los Estados Unidos. Una semana más tarde, mi hermano me llamó por teléfono para comunicarme que mi mamá había fallecido, por lo que inmediatamente compré un pasaje para volver a viajar a Israel a su entierro y para hacerle compañía a mi papá.

Durante el último mes de su vida, yo pedía en mi interior que mi madre muera pronto. Ese era mi mayor deseo porque no soportaba verla en esa condición, especialmente porque sospechaba que ella pudiera estar sufriendo. Y cuando mi madre murió, sentí como un alivio que la persona que más quise en mi vida, haya muerto. Ella tenía ochenta y ocho años y yo la extrañaré siempre.

Mi madre no tuvo una muerte buena y calma, sino dolorosa y solitaria. Como ella fue tan bondadosa en su vida, yo esperaba, ingenuamente, que tenga una buena muerte, como he visto en las películas, en las cuales una persona mayor muere en paz en su cama y en su casa, rodeada de sus hijos, después de haberse despedido de todos ellos. La realidad fue muy diferente y mucho más cruel de lo que yo me imaginaba. La manera en que ella murió, reforzó mi percepción de que las buenas y malas experiencias de la vida son aleatorias, y no hay necesariamente una relación de causa y efecto entre nuestra conducta y las vivencias que tendremos.

***

En los últimos años de su vida, mi padre empezó a decir con frecuencia:

—Hay que tener suerte para vivir y hay que tener suerte para morir.

Él quería morir sin dolor y sin tener que sufrir, y deseaba morir antes que mi madre, no después de ella, como ocurrió en realidad. Pero yo le decía:

—En estas cosas no se puede elegir. Cuando tenga que pasar, va a pasar.

Después que mi madre falleció, los doctores en la residencia de ancianos le cambiaron a mi padre varias de las medicinas que él tomaba, lo que lo desestabilizó completamente y lo confundió de tal manera que casi dejó de funcionar. En la residencia, aunque le pusimos una chica nueva para atenderlo, ya no lo querían recibir porque él no podía controlar su conducta, gritaba y se quería sacar la ropa. Los "médicos expertos" de ese lugar estaban convencidos de que mi papá tenia demencia. Y es por eso que le recomendaron a mi hermano otro hogar de ancianos, considerado excelente para gente con demencia. Mi hermano siguió la sugerencia, aunque fuera de un modo temporal, ya que en la residencia de ancianos donde mi padre había estado por varios años, no tenían más interés en él como cliente. En el nuevo lugar le hicieron un estudio a fondo y le cambiaron todas las pastillas que tomaba, y lentamente él volvió a ser él mismo. Este proceso de cambio de "anormal" a normal duró unos seis o siete meses, pero finalmente recuperamos a nuestro padre. Al principio él se confundía con algunas cosas, pero eventualmente su memoria y claridad cognitiva volvieron a ser como lo eran antes, aunque nunca recuperó su gran habilidad numérica y su facilidad con los cálculos matemáticos; esa habilidad es lo único que perdió, pero en ese entonces él ya tenía noventa y cuatro años.

Mi hermano, con nuestro consentimiento, decidió dejar a mi padre en ese lugar de ancianos, donde casi todos tenían varios grados de demencia, con la excepción de él, otro hombre y una mujer, quienes funcionaban muy bien. Mi papá ya se había acostumbrado al lugar y ahí el personal lo trataba muy bien, como el hijo predilecto. Era un lugar pequeño con unos veinticinco o treinta pacientes bajo un trato excelente y muy humano de parte del personal. Yo seguía viajando tres o cuatro veces al año a Israel a visitar a mi papá y me quedaba ahí una o dos semanas, de acuerdo con lo que podía con respecto a mi trabajo. Cuando viajaba a verlo, salíamos varias veces a tomar un café con leche con facturas, pero lo que más hacíamos era hablar. Él se sentía bien en ese lugar y no se quejaba. Lo único que deseaba era morir pronto. Si alguien le preguntaba: "¿Cómo estás?", o: "¿Qué haces?", él contestaba:

—Estoy esperando a mi turno que venga de arriba. Mi turno para irme.

Ya hacía varios años que él se quería morir, aunque no estaba deprimido. Simplemente, se había cansado de vivir y ya no esperaba nada de la vida, especialmente después de que mi madre murió y él se quedó solo.

A mi padre siempre le preocupó dónde lo iban a enterrar y si sería este un buen lugar donde pudieran visitarlo. Después del fallecimiento de mi madre, compramos dos tumbas en un cementerio nuevo, una al lado de la otra, una para mi mamá, y otra para él. Cada vez que él iba al cementerio a visitar a mi madre, se quedaba mirando la tumba de al lado y se ponía contento de tener un lugar que lo esperaba al lado de ella. Pero él tuvo que esperar un poco más por la llegada de su "turno" para irse de este mundo.

Cuando mi papá tenía noventa y seis años y yo lo estaba visitando por una semana, al despedirme de él antes de mi viaje de regreso, le di un beso y sentí repentinamente un dolor visceral muy agudo, como un puñal, que me confundió totalmente. Siempre que me despedía de él yo lloraba porque pensaba que no lo iba a ver nunca más, pero lo que sentí en ese momento fue distinto y no estaba relacionado con mis pensamientos. Después que sentí ese puñal, pensé que mi padre iba a morir pronto y que esta era una señal de lo que iba a ocurrir; de donde vino esta, no lo sé.

Pero mi papá no murió. Yo me despedí de él al final de noviembre con el plan de viajar a visitarlo de nuevo para su cumpleaños, casi cuatro meses después, al principio de marzo. Pero la pandemia de Covid se desencadenó y muchos vuelos fueron cancelados, por lo que no pude viajar a verlo. En ese año, hablamos pocas veces por teléfono porque él no escuchaba bien y no tenía paciencia para hablar por teléfono. Los dos nos vimos unas pocas veces por Skype cuando mi hermano empezó a visitarlo, después de muchos meses en los que el gobierno prohibió las visitas de parientes en los hogares de ancianos. Esa época fue terrible para mi papá porque estuvo aislado más que nunca por la pandemia de Covid. En diciembre del año siguiente, un año y un mes después de aquel beso que le di al marcharme, falleció instantáneamente, como él quería, sin dolores y sin aviso previo. Cuando iba a almorzar, de repente cayó al piso. Él murió de pie. Tenía noventa y siete años.

Entonces comprendí que el presentimiento que me pegó tan fuerte cuando me despedí de él, no era un mensaje de su muerte inminente, sino que nosotros dos ya no nos veríamos jamás. Ese beso de despedida fue nuestro beso final. Por eso sentí como un cuchillazo en mi corazón cuando lo besé.

Cuando mi papá falleció, pensé que esto era lo que mi padre más deseaba, y si él podría verse a sí mismo, me parece que estaría contento de que por fin, cuatro años después de mi madre, le llegó el turno que él tanto esperaba. Como él solía decir:

—Hay que tener suerte para vivir y hay que tener suerte para morir.

Al final, mi papá tuvo suerte para morir.

VI
La Aleatoriedad de la Vida

A la muerte de mi madre, siguieron dos años que fueron bastante difíciles para mí emocionalmente. Muchas noches me dormía llorando, pensando en ella. Me dolían todos los pormenores de su muerte y la extrañaba todo el tiempo. Hubo veces que hubiera querido recibir de ella algún mensaje o señal, como cuando vivíamos a 10.500 Kilómetros de distancia y nos podíamos sentir la una a la otra. Pero mi madre no existía ya y eso me costó bastante tiempo aceptarlo. Por otra parte, la posibilidad de que ella me visitara en mis sueños no me atraía mucho, porque cuando soñaba con ella me despertaba deprimida.

Una mañana, un mes después de su muerte, cuando me estaba yendo a mi trabajo, cerré con llave la puerta de mi casa, y empecé a caminar. De repente, me paré en el lugar y me dije:

—Un momento. ¿Habré llamado hoy a mi mamá por teléfono?

Enseguida recordé que mi madre ya estaba muerta y que esa era mi costumbre de llamarla cada mañana. Me puse a llorar, pero me compuse enseguida, aunque el dolor quedó dentro de mí. Me arreglé el maquillaje y me fui a la universidad tratando de olvidar ese incidente.

En esa época, mis amigas Mitra y Su empezaron a estar en contacto conmigo muy seguido, y comenzamos a mantener conversaciones entre tres, conectando Miami, Minneapolis, y Estanbul, a través de WhatsApp. Ellas lo hacían para alentarme un poco, porque yo estaba medio deprimida. Un día, mi amiga Mitra, que durante todos estos años había vivido en Minneapolis, me preguntó:

—¿Sabes lo que le pasó a Daniel?

Y yo le dije:

—No. ¿Cómo puedo saber lo que le pasó? Después de que él se casó no mantuvimos ninguna conexión entre nosotros.

Entonces ella me dijo:

— ¿Pero cómo no te enteraste de eso? Salió en todos los diarios y en la televisión.

Entonces Mitra me contó que hacía un par de años, un empleado de la fábrica de textiles de Daniel lo había matado con un revolver, a él y a cuatro empleados de la fábrica. Daniel tenía sesenta y un años.

¡Yo no podía creer que a Daniel le había pasado algo así! En ocasiones pensé que quizás Jack podría haber fallecido en los últimos años debido a la esclerosis múltiple que padecía, pero nunca me imaginé que Daniel iba a morir tan pronto y de esa manera. Mitra me mandó las conexiones electrónicas de los periódicos y leí todos los artículos que aparecieron con los detalles del incidente. Estaba conmovida, y pensé, como era muy común en mí: "¡Qué mala suerte tuvo Daniel!".

Unos días después de enterarme de la suerte de Daniel, empecé a buscar en el internet información sobre Jack, y descubrí que él ciertamente había fallecido seis años atrás debido a su enfermedad. Jack tenía entonces cincuenta y ocho años. Cuando leí los obituarios y la enorme cantidad de reacciones de amigos y conocidos a los que él influyó positivamente durante su vida, no me extrañó en absoluto, porque Jack era una persona única, muy generosa, quien también me influyó a mí positivamente.

Medio año después de conocer el destino de Jack y Daniel, Rami me llamó por teléfono. Él me llamaba un par de veces al año para saludarme, hablar sobre sí mismo o preguntarme cómo estaba yo, o para hablar de cualquier cosa. Desde que me casé, él me llamaba a mi oficina en la universidad. Pero esta vez hacía casi dos años que no se había comunicado conmigo. En esa llamada, él me pidió que nos encontráramos a tomar un café.

—¿Para qué? —le pregunté—. Nunca nos encontramos antes— le dije.

—Te quiero ver —dijo Rami.

—Pero Rami, yo estoy casada. ¿Para qué me quieres ver? —Le contesté.

—Quiero verte— dijo él.

Y yo pensé: "¡Qué pesado es este Rami!"

Me negué, porque no me sentía muy cómoda con la idea de encontrarme con él, aunque no me molestaba hablar por teléfono. Rami llamó a mi oficina otra vez para repetir su invitación a tomar un café, pero mi respuesta fue la misma. Volvió a llamar, y me dijo esta vez:

—Tengo una enfermedad.

—¿Qué tipo de enfermedad? —le pregunté.

—Algo neurológico —me contestó.

—¿Tienes esclerosis múltiple? —Le pregunté, pensando en Jack.

—¡No! ¿Cómo voy a tener esclerosis múltiple? —Me dijo en un estilo de contestación que era típico de él.

—¿Entonces qué es? —Le pregunté.

—Parkinson —me dijo.

Y en ese momento pensé: "¡Que cosa extraña! Otro más de mis exnovios o amigos que ha tenido algo muy serio".

A continuación, le conté sobre un primo de mi mamá, unos diez años mayor que Rami, que ha tenido Parkinson por más de veinte años y que en ese momento estaba tomando cursos en la universidad. Entonces él me contó que recibió el diagnóstico de Parkinson hacía dieciocho años. Eso era más o menos en la época en que yo me había casado, pero en todos esos años que Rami me llamaba por teléfono, nunca me dijo nada sobre su enfermedad.

Después de esa conversación me acordé de que poco tiempo antes de terminar nuestra relación, un día Rami levantó ambos brazos, los extendió delante de él, y me preguntó si una de sus manos temblaba o se movía. Yo me fijé en ambas manos y le dije que sí, que la mano izquierda temblaba un poco. Quizás en ese entonces él ya sospechaba que algo ocurría con su cuerpo, pero todavía no había recibido el diagnóstico de Parkinson.

Rami llamó a mi oficina un par de veces más y me preguntó si me quería encontrar con él, pero aunque podía hablarle en el teléfono, nunca quise encontrarme con él.

Un día, al volver de la universidad en mi auto, vi a Rami en un parque muy cercano a mi casa. Su apariencia era tan terrible que no pude creer que ese hombre que iba caminando era Rami. Entonces di una vuelta completa con el auto para asegurarme, y volví a pasar por el mismo lugar, y fue entonces que estuve segura de que se trataba de Rami. Él estaba completamente cambiado, muy avejentado, reducido y encorvado, caminando despacio con pasos muy pequeñitos. Cada vez que me acuerdo de ese momento, se me hace un nudo en la garganta. Verlo a él de esa manera me afectó mucho porque Rami era varonil, atractivo, y orgulloso de su apariencia física.

Dos semanas después, desde mi auto lo volví a ver caminando en el mismo parque. Él no me vio pasar, así como no me vio la vez anterior. Pero no tuve que dar una vuelta entera para volver a verlo, porque ya sabía en qué situación se encontraba Rami y me dolía verlo así. Él me llamó una vez más y me preguntó si me quería encontrar con él y otra vez le dije que no. Esta vez yo estaba segura de mi decisión, porque no quería que él me viera a mí, que se me veía bien, ya que él estaba en ese estado físico. Después de un tiempo, dejó de llamarme. Hoy en día no sé si aún está vivo o en qué condición se encuentra. Cada vez que paso por el parque en mi auto miro bien para ver si lo veo, pero no lo he visto más. Solo me consuela un poco pensar que en el pasado, cuando hablábamos por teléfono, le dije un par de veces que nunca me arrepentí de haber estado con él y que recordaría para siempre nuestra relación con cariño.

Desde entonces, muchas veces he pensado lo inaudito que es que la mayoría de los hombres con los cuales me relacioné antes de casarme, hayan tenido condiciones neurológicas o hayan fallecido jóvenes, dos de ellos trágicamente. Cuando pienso en eso, no dejo de incluir a Claude, el muchacho francés que conocí brevemente en Israel, cuya muerte súbita me impactó tanto. ¿Cuál será la explicación de que estos hombres, que hipotéticamente podrían haber sido parte de mi futuro, hayan fallecido tan pronto? ¿Habrá algún mensaje detrás de todo esto que debo descifrar? Hay veces me pregunto si la mala suerte de ellos estará relacionada con mi propia suerte. Pero otras veces pienso que, como Mitra me explicó una vez, una suerte protectora me ha amparado del sufrimiento que yo debía vivir, viendo a un ser amado morir a mi lado antes de tiempo.

Pero la suerte, buena o mala, no es muy racional. A mi entender, las cosas en la vida ocurren al azar, aleatoriamente, y lo que le ocurre a uno es independiente de lo que le ocurre al otro. Esto me hace pensar en un tema que enseño a mis estudiantes en estadística, "El muestreo aleatorio simple" (*Simple random sampling*): *En el muestreo aleatorio simple, todos los miembros de la población tienen las mismas posibili-*

dades de ser elegidos… Asocio esta definición con la aleatoriedad o el azar en la vida, como la buena suerte que tuvo mi abuelo cuando por un juego de naipes perdió el barco para volver a Europa, lo que le salvó la vida e hizo posible la existencia de nuestra familia.

Si pudiera hacer un diagrama o un dibujo como muchas veces he hecho sobre la pizarra para mis alumnos, haría un largo camino, el camino de la vida, en el que una persona se va desplazando, mientras eventos, circunstancias, obstáculos y posibilidades, ocurren o aparecen aleatoriamente en su paso. Algunos son positivos y otros negativos, pero cada individuo va en su propio camino, y tiene la misma posibilidad que los otros que uno de esos eventos le ocurran. Las elecciones y reacciones particulares a los estímulos de la vida varían de acuerdo a cada persona, pero el efecto final de cada elección o reacción se podrá ver con claridad solo con el correr del tiempo.

Epílogo

Emigrar a otro país no ha sido un fenómeno nuevo y único en la historia de mi familia, como no lo habrá sido en la historia de otras familias judías que decidieron, o peor, se vieron forzadas, a hacerlo. Al escribir estas páginas, me di cuenta, por primera vez en mi vida, que represento la tercera generación de migrantes en mi familia, de ambos lados, paterno y materno. Mis familiares más cercanos, así como yo misma, hemos sido ciudadanos de tres países diferentes. Mi abuelo paterno, Iser, cuyos antepasados vivieron en Polonia por muchas generaciones, se vio forzado a viajar a la Argentina. En su vejez, cuando enviudó, se trasladó a Israel, donde vivió en la casa de mis padres, quienes lo cuidaron hasta que él falleció. De manera muy similar, mi abuela materna, Ana, cuya familia vivió en Polonia por centenares de años, emigró de ese país a la Argentina. En su vejez, después de la muerte de mi abuelo Isaac, viajó a Israel a vivir con una de sus hijas, hermana de mi madre.

Mi mamá y mi papá emigraron con sus respectivos padres de Polonia a la Argentina, y después de muchos años de vivir en Argentina viajaron a Israel. Junto con mis padres, mi hermano menor, que representa, como yo, la tercera generación de migrantes, emigró de Argentina a Israel. Allí conoció a su mujer que es Australiana-Israelí. Varios años después de estar casados, ambos se mudaron al país natal de la esposa, Australia. La gran diferencia entre las migraciones intergeneracionales de mi familia, es que ni mi hermano ni yo nos vimos forzados a dejar ningún país para salvar nuestras vidas, como mis abuelos y padres debieron hacerlo cuando emigraron de Polonia a la Argentina.

Mi migración a otro país o a otro estado, como me ocurrió en los Estados Unidos, ha sido influenciada por mi deseo y necesidad de expandir mis conocimientos, avanzar en mis estudios, o comenzar un nuevo trabajo. Pero, a pesar de las buenas oportunidades escolásticas y profesionales que he tenido, varias veces en mi vida sufrí conflictos internos, porque mi nomadismo me hizo sentir que no pertenecía a ningún país o cultura. En el pasado, muchas veces llegué a preguntarme: ¿a qué país o cultura pertenezco realmente? Sentirse desarraigado no es fácil; es como tener una piedra pesada atada al cuello que te puede hundir en el mar, pero no te permite poner tus raíces en un lugar fijo sobre la tierra.

Solamente después de cumplir los sesenta, comencé a perder la dolorosa sensación de no sentirme parte de un grupo o una cultura. A esa edad empecé a darme cuenta de que con el tiempo he asimilado costumbres y comportamientos de los tres países donde he vivido, y la mayoría del tiempo siento que pertenezco a los tres. Yo sé que estoy ligada emocionalmente a estos países y que soy un producto de las tres culturas. En vez de tener que elegir entre ellos, los elijo a los tres. Aunque no he dejado de oponerme muchas veces a sus políticas, mi apego emocional no desaparece, como nunca desaparece el apego de una madre a todos sus hijos. Yo los quiero de todas maneras, y me importa lo que ocurre en ellos y con ellos.

Y en esto, como en otras características, me parezco a mi papá. Siempre estaré endeudada con los tres países. Mi padre hasta su muerte agradeció enormemente a la Argentina e Israel, que lo recibieron con los brazos abiertos, lo protegieron y lo ayudaron en su vida. Él podía comparar esos dos países acogedores con el país donde él nació. Por suerte para mí, mis tres países me protegieron, me educaron y me brindaron numerosas oportunidades para tener una vida satisfactoria y digna. Solo me queda agradecer al país donde nací y crecí, Argentina, y a los dos países donde fui bienvenida, Israel y los Estados Unidos de América.